Linda Stift

Stierhunger

Roman

Deuticke

1 2 3 4 5 11 10 09 08 07

ISBN 978-3-552-06068-5

Satz: Eva Kaltenbrunner-Dorfinger, Wien
Druck und Bindung: Ebner & Spiegel, Ulm
Printed in Germany

Für mich

Ick kann ja nich so viel fressen,
wie ick kotzen möchte!

MAX LIEBERMANN, 1933

Erstes Buch

Sie betrachtete die rosa und grünen Cremeschnitten, die glasurverschweißten Törtchen und die komplizierten Baisergebilde, die sich in der Auslage der Konditorei stapelten. Ihr Kleid berührte den Boden, nur die Spitzen ihrer Schuhe ragten hervor. Das Kleid war aus Wolle und schwarz, über den Schultern lag eine schwarze Spitzenmantilla, deren zipfelige Enden zwischen ihren Achseln steckten. Nicht gerade die passende Kleidung für einen warmen Maianfang. Sie schien keine Auswahl treffen zu wollen, sondern sich einfach an den hellen und dunklen Schokoschichten zu erfreuen, den weißen Sahnehäubchen und den buntgefärbten Zuckergiebeln. In dem Moment, als ich an ihr vorbeigehen wollte – ich hatte es eilig an diesem Freitagabend, der Supermarkt schloss in einer halben Stunde –, drehte die Frau sich um und blickte mir ungeniert ins Gesicht. Dabei ließ sie ihren Taschenbeutel fallen. Kichernd hielt sie sich die Hand vor den Mund. Ich bückte mich und hob den Beutel auf. Sie nahm ihn, sah auf meine vernarbten Fingerknöchel und hob die gezupften Augenbrauen zu spitzen Winkeln. Wollen Sie sich mit mir einen Gugelhupf teilen? Ein ganzer ist mir zuviel, sie verkaufen hier keine halben. Sie sagte das mit einer Liebenswürdigkeit, die gar nicht zu ihrem unhöflichen Anstarren von vorhin passte. Ich brachte kein Wort heraus und betrat mit ihr die Konditorei. Sie erklärte ihren Wunsch der Verkäuferin, die ein schachtelförmiges rosa Hütchen trug, das mit Haarklammern an ihrem schwarzen Dutt befestigt war. Die Verkäuferin schnitt einen Marmorgugelhupf in zwei Hälften und verpackte sie in Schachteln, die jener auf ihrem Haar glichen. Jeweils drei Euro die Damen. Ich zahlte meinen Anteil, nahm das Päckchen und wollte mich von der seltsamen Frau verabschieden, nun in Besitz eines halbierten Gugelhupfes, mit dem ich nichts anzufangen wusste, seit Jahren aß ich kaum Süßes. Ich ärgerte mich über den sinnlosen Kauf, in den ich hineingedrängt worden war, und wollte so schnell wie möglich weiter. Die Frau ignorierte meinen Verabschiedungsversuch. Wissen Sie, auch ein halber Gugelhupf ist im Grunde zuviel. Ich und meine Haushälterin können nicht soviel essen. Und einzelne Stücke zu kaufen, das liegt mir nicht. Es entbehrt nicht einer gewissen Tristesse, unberufen, und außerdem sind sie ausgetrocknet, weil schon in der Früh aufgeschnitten. Meine Wohnung ist gleich um die Ecke, machen Sie mir doch die Freude und kommen Sie mit auf Kaffee und Kuchen. Nur für einen Sprung, ich will Sie nicht lange aufhalten. Warum, das kann ich im Nachhinein nicht mehr sagen, aber ich ging mit ihr mit. Der Samstag war ruiniert. Ich würde in einen Supermarkt gehen müssen, der vor Menschen überquoll. Und was ich nachher mit meiner Gugelhupfhälfte anfangen sollte, wenn ich mich bei dieser Frau mit Kuchen vollstopfte, war mir nicht klar. Schon das Nachdenkenmüssen darüber, was mit dem Kuchenteil geschehen sollte, verursachte mir Kopfschmerzen. Ich ärgerte mich bereits, dass ich mich darauf eingelassen hatte und in eine fremde Wohnung musste. Am besten wäre es, den Kuchen stehenzulassen, vielleicht gab es jemanden, der sich darüber freute. Wahrscheinlich aber würde das Ding im Müll landen, wer nimmt schon herrenlose Konditorware mit sich nach Hause. Während sie vor sich hin sprach, versuchte ich das Alter der Frau zu erraten. Ihre Stimme war sehr leise. Sie zwang den Zuhörer, sich auf sie zu konzentrieren. Die Haut in ihrem Gesicht war braun und wettergegerbt, wie bei Menschen, die häufig wandern oder in der Sonne liegen, und sie hatte ausgeprägte Falten um Augen und Mundwinkel. Trotzdem wirkte sie jung, elastisch fast, vielleicht wegen ihrer geraden Haltung, die ihre hohe schlanke Gestalt betonte. Ihre dunklen Haare waren zu einer komplizierten Zopffrisur geflochten. Wir bogen in eine schmale Seitengasse, die nur ein paar Straßen von meiner Wohnung entfernt war. Sie sperrte das Haustor eines alten Wiener Zinshauses auf, wir stiegen bis in den dritten Stock. Ich unterdrückte meine Kurzatmigkeit so gut es ging. Seit ich im Erdgeschoß wohnte, fiel mir das Treppensteigen schwer. Als wir ihre Wohnung betraten, sprang ihr ein zerfranster Hund entgegen, der sich auf die Hinterbeine stellte und sie mit den Vorderpfoten umarmte. Es war ein Irischer Wolfshund, fast so groß wie eine Dogge, mit einem rauen Fell in Graubraun und eingeklappten Ohren. Die langen dünnen Läufe trugen zu seiner ausgemergelten Erscheinung bei. Er sah genauso aus wie das Bild, das in mir aufsteigt, wenn das Wort Hund fällt und keine bestimmte Gattung gemeint ist. Dennoch handelte es sich um eine hochgezüchtete, über 1500 Jahre alte Windhundrasse, im 17. Jahrhundert beinahe ausgestorben und nur durch Einkreuzung von anderen, ähnlich großen Hunden am Leben erhalten, *gefestigt*, wie es in der Züchtersprache heißt. Das wusste ich von Charlotte, die ständig Bücher über Hunderassen las, obwohl sie gar keinen Hund hatte. *Promenadenmischung*, dachte ich bei seinem Anblick. Die Frau rang eine Zeit lang mit dem Hund, dann rief sie Ida!, mit einem hysterischen Unterton. Sie musste diesen Namen schon tausende Male gerufen haben. Eine dünne Tapetentür ging auf und eine dicke Frau um die Sechzig schlurfte aus einem Kabuff, dessen mit Möbelgerümpel vollgeräumtes Inneres sich hinter ihr abzeichnete. Die Frau blieb vor dem Türausschnitt stehen, mit zerzausten Haaren, die sie ungeschickt aufgesteckt hatte. Offensichtlich hatte sie bis vor kurzem geschlafen, sie blinzelte und ihr Gesicht war zerknautscht, zeigte die faltigen Spuren eines Kopfpolsters. Sie trug das gleiche schwarze Kleid wie die andere, ohne Mantilla, allerdings passte es ihr nicht besonders, es war verschnitten, die Ärmel zu lang und zu weit, an den Schultern und unter den Achseln spannte der Stoff. Nicht zu glauben, dass sie vier Jahre jünger ist als ich, nicht wahr? Was war sie doch für ein süßer Schneck, mein kleines Idalein, mein kedves Idám, sagte sie mit einem Seitenblick auf mich. Und jetzt? Schauen Sie sie an! Na ja, wir werden alle nicht jünger. Sie schüttelte den Hund ab und gab Ida, die diese Bemerkungen hinter ihrem Rücken mit einer Grimasse quittierte, Anweisungen, Kaffee zu kochen und den Tisch im Salon zu decken. Der Hund beschnüffelte mich, er versuchte seine stumpfe Schnauze zwischen meine Beine zu drängen, die ich ängstlich zusammenpresste. Da er hier nichts ausrichtete, trottete er in Idas Zimmer und legte sich hin. Wenn Sie wüssten, was ich alles unternehme, um meine Figur zu halten, unberufen! Aber es lohnt sich, ich kann essen was ich will und werde trotzdem nicht zu schwer. Madame essen wie ein Spatz, rief Ida ungefragt aus der Küche.

*

Oft war ich dabei, wenn man sie in ihre Kleider einnähte. Ich las ihr dann Heinegedichte vor oder erzählte ihr von meinem schönen Ungarn. Sie konnte nicht genug bekommen von den endlosen Ebenen und geheimnisvollen Wäldern, den wilden Pferden und sagenhaften Reitern. Die Kleider mussten so eng wie möglich anliegen, und das war nur durch Einnähen möglich. Für darunter liebte sie kleine, dicht anschmiegende Hemdchen. Ich rang selbst nach Luft, wenn ich sah, wie fest sie sich schnüren ließ. Wie sie mit der Zofe schimpfte, wenn diese zu locker schnürte, und wie die Zofe dann, schweißüberströmt und keuchend, die Bänder noch stärker anzog, bis der Stoff knirschte. Ihre Taille maß nicht mehr als 50 Zentimeter, ein Mann hätte sie mit beiden Händen umfassen können. Kein Wunder, sie aß ja kaum etwas. Damit sie noch schmäler aussah, trug sie keine von den voluminösen Unterröcken, die ja enorm auftrugen, sondern lange Beinkleider, im Sommer aus Seidentrikot, im Winter aus feinstem Rehleder.

*

Der Salon war überfüllt mit Teppichen, Diwanen, kleinen Tischchen und nachgemachten Rokokosesseln, was eine bedrückende Intimität erzeugte, die einem das Gefühl gab, ein Eindringling zu sein. An den Fenstern hingen dunkelrote Brokatvorhänge. Das Nest einer fremden Spezies. In einer Ecke stand eine Volière, in der zwei hellgraue Papageien mit roten Schwanzfedern und weißem Augenfeld miteinander schnatterten. In einer anderen Ecke war ein altes Fernsehgerät aufgestellt, daneben ein Videorecorder, davor ein flaschengrüner Fernsehsessel mit Fußstütze und Kippfunktion. Die einzigen Zugeständnisse an die Gegenwart. An die Gegenwart vor 20 Jahren. Überall lehnten grobkörnige Fotos aus dem 19. Jahrhundert: Jungen im Matrosenanzug, im Seeräuberkostüm, Mädchen in kegelförmigen weißen Rüschenkleidchen, Frauen mit Zylinder oder in arabische Burnusse gewickelt, umgeben von großen Jagdhunden oder gestutzten Pudeln mit Löwenmähne, junge Männer in Uniform mit seitlichem Säbel, sogar ein Portrait von Kaiser Franz Joseph mit dem unvermeidlichen Backenbart, der Inbegriff biederer Bürgerlichkeit, und mehrere Bilder der jungen Kaiserin Elisabeth, darunter eine kleine Kopie des berühmten Gemäldes, auf dem Elisabeth nur mit einem Nachthemd bekleidet ist, die offenen langen Haare vor der Brust zu einem dicken Knoten verschlungen. Ein Paar Ringe, solche wie sie Turner verwenden, hingen vom Türstock zwischen Salon und einem zweiten Zimmer, das mit ähnlichen Teppichen und Möbeln bestückt war. Die Ringe lockerten das unheimliche Ambiente etwas auf. Mein erster Gedanke in einer fremden Wohnung ist immer, wie ich die Einrichtung verändern würde, was man alles hinauswerfen könnte, damit der Raum besser zur Geltung kommt. Oft liegt die mangelnde Harmonie nur an einer Kleinigkeit, dem Festhalten an Gewohnheiten, die einmal einen Sinn ergeben haben, oder an einem Provisorium, das sich im Laufe der Zeit an das übrige Mobiliar angepasst hat und den Bewohnern als solches nicht mehr auffällt. Hier war nichts zu machen. Das Interieur samt den Turnringen war in seiner Weise perfekt, jedoch höchst deprimierend. Je schneller ich hier rauskam, umso besser. Die Gastgeberin, die sich mir nun endlich als Frau Hohenembs vorstellte – Vornamen nannte sie keinen –, hatte sich in den einzigen Sessel mit Armlehnen gesetzt. Die Haushälterin fuhr ein Serviertischchen in den Salon und stellte die aufgeschnittene Kuchenhälfte – die Stücke waren dick geschnitten –, eine Kanne

Kaffee, drei Tassen und drei kleine Teller auf den Tisch. Der Kaffee schwappte aus dem Schnabel der Kanne und die Tassen klirrten auf ihren Untertellern eine Spur länger als man erwartete. Sie klirrten in den Ohren nach. Die Papageien machten Geräusche, die dem Klirren ähnelten, man hätte es auch als Lachen interpretieren können. Ida hatte einen weißen Arztkittel über ihr Kleid gezogen. Er spannte über der Brust und war zu kurz, so dass unten das Kleid und bei den Händen die zu langen Ärmel herausschauten. Sie legte eine Serviette, die sie zweimal zusammenfaltete, auf das Tischtuch über die gerade von ihr verursachten Kaffeeflecken, stellte ein gerahmtes Foto von einer Frau darauf, die im Damensitz, die Beine von einem Kleid verdeckt, auf einem Pferd saß und sich einen Fächer vor das Gesicht hielt. Sie schenkte ein, zuerst Frau Hohenembs, dann mir, dann sich selbst. Ihre Fingernägel waren bis aufs Fleisch abgebissen. Bei einer älteren Frau hatte ich das noch nie gesehen. Ida zog den Arbeitsmantel aus, hängte ihn über die Lehne des Sessels, auf den sie sich setzte, und richtete den Blick auf Frau Hohenembs. Erst als diese einen Teller genommen und mit zwei spitzen Fingern ein Kuchenstück abgebrochen hatte, an dem sie zu knabbern begann, fing Ida ebenfalls zu essen an. Sie sah jetzt etwas frischer aus als zuvor, die Haare waren neu aufgesteckt, und das Gesicht zeigte keine Polsterspuren mehr. Sie hatte durch ihre Leibesfülle weniger Falten als Frau Hohenembs, die man eigentlich als mager, wenn nicht gar ausgezehrt bezeichnen musste. Rasch hintereinander aß Ida vier Stücke und schenkte sich zu jedem Kaffee nach, ohne sich darum zu kümmern, ob Frau Hohenembs oder ich schon ausgetrunken hatten. Diese nippte nur an ihrer Tasse, während meine bereits leer war. Obwohl mir der Kaffee nicht besonders schmeckte – er war zu bitter –, hatte ich ihn mit zwei Schlucken hinuntergestürzt. Ich krümelte mit meinem Gugelhupf auf dem Teller herum. Wenn ich jetzt Kuchen aß, konnte ich nichts zu Abend essen, ich hätte viel lieber Salat oder ein Käsebrot mit Tomaten gegessen. Dieser elende Kuchen brachte mich aus dem Gleichgewicht. Was ist denn mit Ihnen, schmeckt es Ihnen nicht?, fragte Frau Hohenembs, wobei sie ihren angenagten Kuchen wie einen Hühnerknochen zwischen Daumen und Zeigefinger hielt. Ich schob ein großes Stück in den Mund. Wie kommen Sie darauf? Um vom Thema abzulenken, fragte ich sie, warum überall diese Bilder von der Kaiserin standen. Sie zuckte mit den Achseln und antwortete nicht. Ich tat so, als hätte ich diese Unhöflichkeit nicht bemerkt, und sah mich betont interessiert im Raum um. Ich deutete auf die Ringe, sie hingen ziemlich hoch. Turnen Sie an den Ringen?, versuchte ich es ein zweites Mal. Ach wissen Sie, früher einmal! Manchmal schwinge ich mich noch ein wenig hin und her, ich bin zu steif geworden. Sie können sie gerne ausprobieren, wenn Sie möchten. Ich kann Ihnen auch ein paar Übungen erklären. Ida, lass die Ringe herunter. Nein danke, ich wehrte ab, obwohl es mich gereizt hätte. In der Schule war Ringturnen das Einzige gewesen, was ich nicht verabscheut hatte. Lieber nicht, der Kaffee könnte mir hochkommen, entschuldigte ich mich. Ida hatte auf den Befehl ohnehin nicht reagiert, sondern sich stattdessen Kaffee nachgeschenkt. Nehmen Sie wenigstens noch ein Stück, sagte Frau Hohenembs und hielt mir den Teller hin, nach dem Ida bereits die Hand ausgestreckt hatte, die nun ins Leere griff. Ich nahm ein zweites Kuchenstück und schluckte es mit drei Bissen hinunter.

*

An den großen Familienessen nahm mein kedvesem immer seltener teil. Meist ließ sie sich die Speisen, wenn sie denn überhaupt etwas zu sich nahm, in ihre Appartments bringen. Zum Frühstück kam manches Mal der Kaiser zu ihr, das war mitunter die einzige Mahlzeit des Tages, an der sie tüchtig zulangte und nicht ihre merkwürdigen Diäten pflog. Zu Beginn ihrer Ehe wollte sie bayrisches Bier zu den Diners einführen, was ihre Schwiegermutter nicht gestattete, das war den Herrschaften nicht fein genug. Das und überhaupt das steife Zeremoniell bei Tisch hat ihr die Lust an den gemeinsamen Essen gründlich verdorben, sie trank seither selten Bier, nur wenn sie in München das Hofbräuhaus besuchte, sonst Milch von ausgewählten Ziegen und normannischen Kühen, ausgepresste Orangen und den horriblen Fleischsaft. Auf ihren geliebten Schiffsreisen mussten immer zwei Ziegen mitfahren, die meist seekrank wurden und keine Milch gaben. Sie bockten schon beim Betreten des Schiffes und wurden von den Matrosen mit Gewalt an ihren Stricken über die Planken gezogen. So mancher Hofdame ging es ähnlich, nur meine édes lelkem war seefest wie ein alter Kapitän und ließ sich sogar im Sturm an einen Mast binden, je stürmischer, desto lieber war es ihr.

*

Ich stellte den Kuchen auf den Küchentisch. Der Kaffee hatte mich fahrig gemacht. Kaffee brachte mich immer aus dem Gleichgewicht. Das erste Kuchenstück hatte ich nach anfänglichem Zögern mit einigem Genuss gegessen, das zweite hatte Frau Hohenembs mir gegen meinen Willen aufgedrängt, das dritte nahm ich mir unaufgefordert selbst, weil es ohnehin schon egal war. Ich hatte vergessen, dass es nie egal war, gleichgültig, wie viel man aß, man musste nicht weiteressen, nur weil es egal war, man konnte trotzdem aufhören. Ich betrachtete dieses Ding mit den dunklen und hellen marmorierten Bändern, wie dünne, im Wind wehende Fahnen, die runden Falten, wie ein ausgebuchteter Fächer sah es aus. Der Staubzucker auf den Graten und in den Tälern war an manchen Stellen in die Teigkruste eingedrungen und schimmerte blass. Ich wählte ein Messer aus der Schublade und ließ es langsam durch den Gugelhupf gleiten. Ich aß das Stück im Stehen. Die weiche, etwas krümelige Masse verbreitete sich angenehm im Mund. Ich schmeckte Kakao und Zitronenschale heraus, mit einem Hauch Vanille. Das nächste Stück schnitt ich schon dicker, auf das dritte häufte ich löffelweise Marillenmarmelade, die seit zwei Jahren ungeöffnet im Kühlschrank gestanden hatte, und das vierte tauchte ich in eine Jumbotasse mit kaltem Kakao, den ich mir inzwischen angerührt hatte. Das letzte Stück schnitt ich nochmals in zwei Teile, hielt in jeder Hand eines, jeweils dick mit Butter bestrichen, und biss abwechselnd davon ab, während ich in der Hocke den Kühlschrank inspizierte. Ich holte alles heraus, was einigermaßen essbar war, und aß es, schnell und stumm. Der Tag fiel von mir ab. Eine leichte Trance legte sich wie ein Seidentuch über mich. Ich ging ins Bad und würgte alles wieder heraus. Die bizarre Fratze der Abartigkeit, die in mir geschlummert hatte, kam wieder zum Vorschein. Es war das erste Mal seit fünfzehn Jahren. Ich hatte immer gewusst, dass es kein Sicherheitsnetz gab. Dass es so unspektakulär sein würde, dass keine Katastrophe vorangehen würde wie Liebeskummer oder eine Kündigung oder ein Todesfall, das hätte ich nicht vermutet. Als ob ich während eines Spazierganges in Gedanken verloren eine falsche Abzweigung genommen hätte. Das Seidentuch war weggezogen. Ein Besuch bei einer alten Dame hatte ausgereicht. Am Nachhauseweg hatte ich überlegt, ob ich Charlotte für den nächsten Tag zum Frühstück einladen und ihr den Rest des Kuchens mitgeben sollte. Das hatte sich nun erübrigt, Charlotte konnte ich keinesfalls sehen. Wie hätte ich ihr unter die Augen treten können. Ich stellte mich vor den Spiegel und betrachtete meinen nackten Bauch. Da war er wieder. Er hatte sich zurückgemeldet nach einer langen Phase der Zurückhaltung oder des Schlafes, während ich ihn mühsam ignoriert hatte. Wahrscheinlich hatte er die ganze Zeit auf diese Gelegenheit gewartet. Jetzt forderte er sein altes Recht nach Aufmerksamkeit und Kontrolle ein. Mein halbes Leben habe ich mit eingezogenem Bauch verbracht. Als ob ich irgendjemanden damit hätte täuschen können. In der Wohnung über mir hatte ein Poltern eingesetzt, das nur vom Möbelrücken oder Springen auf der Stelle herrühren konnte. Die zwei Paar Flügeltüren in meinem Zimmer knurrten in ihren Angeln. Ich widerstand dem Drang, meinen Bodymassindex auszurechnen. Der Waage konnte ich nicht widerstehen, sie zeigte ein halbes Kilogramm weniger als am Vorabend. Ich schob sie unter die Kommode. Wenn ich sie nicht mehr sehen musste, würde sich alles wieder einrenken, ein einmaliger Rückfall, das konnte mich nicht aus der Bahn werfen. Es war ein Fehler gewesen, eine Waage zu kaufen, das zeigte sich jetzt. Wenigstens war es keine Digitalwaage, die mir jedes Zehntelgramm vorrechnete. Früher stieg ich oft alle paar Minuten auf die Waage. Wenn meine Eltern zu Hause waren, schlich ich mich ins Badezimmer und stellte mich auf die Waage, ganz leise, damit keiner das Heraufschnellen des Zeigers hörte. Vor dem Essen, nach dem Essen, vor dem Pinkeln, nach dem Pinkeln, nackt und bekleidet, damit ich wusste, wieviel ich, wenn ich – was meistens der Fall war – bekleidet auf die Waage stieg, abziehen konnte. Und immer ganz vorsichtig, als ob man die Waage durch Anschleichen überlisten könnte. Sich am Waschbeckenrand abstützend und in Zeitlupe das letzte halbe Kilo hinunterlassend. Mich so klein wie möglich machend (und damit vermeintlich leichter), kauernd. Ich kann mich nicht normal auf eine Waage stellen, so wie Männer es tun – mit einem ungedämpften Riesenschritt, bei dem die Anzeigenadel noch sekundenlang lautstark hin und her pendelt. Es bereitete mir Qualen, wenn ich ein halbes Kilogramm mehr hatte als beim letzten Wiegen eine halbe Stunde zuvor. Und unbeschreibliches Glück, wenn es weniger war. Die Anwesenheit einer Waage, ohne mich zumindest einmal darauf gestellt zu haben, verursacht mir körperliches Unbehagen. Die großen Waagen, die manchmal bei Stationen öffentlicher Verkehrsmittel stehen, sind besonders unangenehm. Sie ziehen mich an, ich schleiche um sie herum, ich sehe sogar nach, ob ich eine passende Münze habe. Aber ich werde mich niemals darauf stellen, ein Fremder könnte über meine Schulter schauen, mein Gewicht ablesen und seine Schlüsse daraus ziehen. Ich hätte gerne einen Apfel gegessen, um den schalen Nachgeschmack zu überdecken, aber ich hatte alles aufgefressen, selbst die Äpfel. Das Fressen und Kotzen schabt und kratzt einen leer, aber es bleiben Rückstände. Ein hohles Gefäß, an dessen Innenseiten zäher Schmutz klebt, das war ich. Wie schnell die körperliche Erinnerung wieder da war, so gräßlich vertraut. Fünfzehn Jahre wie weggewischt. Vielleicht sollte ich doch Charlotte anrufen, dachte ich. Aber sobald ich es aussprach, stand es unwiderruflich fest.

*

Sie schenkte mir von Anfang an ihr Vertrauen, man umgab sie ja mit Leuten, die ihrer Schwiegermutter sklavisch ergeben waren. Sie schärfte mir ein, dass ich nur auf sie hören und mich nicht aushorchen lassen durfte, was diverse Hofdamen alsbald auf raffinierten oder weniger raffinierten Wegen versuchten. Aber ich verriet ihnen nichts. Édes szeretett lelkem, ich gehörte ganz allein ihr. Da die Kaiserinmutter Ungarn und die Ungarn hasste, war ich ihr natürlich zuwider. Die böhmischen Wiener Hofdamen, die sich was darauf einbildeten, französisch und italienisch zu parlieren, aber des Ungarischen nicht mächtig waren, kochten vor Wut, wenn wir meine Muttersprache in ihrer Anwesenheit benutzten. Meine Schöne! Was für einen entzückenden Akzent sie hatte. Meine taufrische Blume! Wie ich sie vermisste, wenn wir getrennt waren, ununterbrochen musste ich an sie denken. An ihr feines Gesicht. Ihre stolze Haltung. Sie war selbst wie eine Ungarin. Sie war mein Ein und Alles.

*

Wir waren zur alten Galopprennbahn spaziert, die Hohenembs, Ida, der Hund und ich. Die beiden trugen dieselben schwarzen Kleider wie am Vortag, der Hund dasselbe zerfranste graubraune Fell. Nur ich war dem Anlass gemäß gekleidet, in Jeans und T-Shirt. Die Hohenembs war aufgekratzt und zog uns im Eilschritt wie an einer imaginären Leine hinter sich her. Der Hund lief voraus, kam wieder zurück, lief wieder weg, kam wieder zurück, hechelnd und mit hängender Zunge, die eine Erwartung auszudrücken schien. Wahrscheinlich nach einem geworfenen Stöckchen. Ida keuchte, sie war zu dick für dieses Tempo, hatte vor allem falsche Schuhe an, keine praktischen Schnürstiefel wie die Hohenembs oder Turnschuhe wie ich, sondern halbhohe

Pumps mit zugespitzten Absätzen, die mit jedem Schritt von neuem im Gras versanken. Sie trug einen geflochtenen Koffer mit Picknickutensilien, am Vormittag hatte sie in meiner Wohnung am Festnetz angerufen. Es war mir ein Rätsel, woher sie die Nummer hatte, denn ich besaß eine Geheimnummer, und auf meine Frage hin lachte sie laut und meinte, das wäre überhaupt kein Problem, Frau Hohenembs hätte ihre Verbindungen. Dann hatte sie mich in deren Namen zu einem Spaziergang im Prater mit Picknick eingeladen. Ich wollte mich sofort mit einer Ausrede herauswinden, am Samstag Nachmittag mit zwei alten Frauen spazieren zu gehen, war nicht gerade das, was ich mir unter Wochenendgestaltung vorstellte, aber Ida war so penetrant gewesen, dass ich nicht anders konnte. Sie meinte, die Hohenembs wäre untröstlich, wenn ich die Einladung ablehnen würde, und schließlich willigte ich zu meiner eigenen Verwunderung ein, vielleicht um mir weiteres Gerede zu ersparen, vielleicht auch war ich froh, den Schauplatz meiner Orgie verlassen zu können. Ich war todmüde. Ich hatte alle Spuren beseitigt: aufgeräumt, gekehrt, gesaugt, feucht aufgewischt, Geschirr abgewaschen, alle Arbeitsflächen, das Waschbecken und die Toilette sauber poliert. Gerade diese blitzende Reinheit und der Geruch nach Putzmitteln waren eine schreiende Anklage gegen mich. Genauso wie der pralle Mistsack, der wie ein selbstzufriedenes und dickbäuchiges Über-Ich neben der Tür stand. Wie sollte ich nur Charlotte diesen Putzanfall erklären, sie weiß ja, wie selten ich putze. Sie durfte meine Wohnung erst betreten, wenn sich wieder Spuren des Wohnens zeigten. Auch die Zeichen meiner persönlichen Verwüstung würden eine gewisse Zeit brauchen, um sich zurückzubilden. Geschwollene Lymphdrüsen und ein blutunterlaufenes rechtes Auge. Ich bot Ida an, ihr den Koffer abzunehmen, aber sie wollte nicht. Über mein Auge machte keine der beiden eine Bemerkung. Die Hohenembs rannte weiter voran und wir hinterher. Sie suchte einen geeigneten Platz für das Picknick, war mit nichts zufrieden. Mehrmals umrundeten wir die aufgelassene Rennbahn, inzwischen keuchte ich wie Ida, nur die Hohenembs hatte eine unfassbare Kondition, ihrem Gesicht war nichts anzusehen. Sie atmete ruhig und regelmäßig. Mir war übel vor Anstrengung, ich hatte nichts gegessen seit der letzten Nacht, um mich selbst zu bestrafen, und viel zu wenig getrunken, so dass mir nun schwindlig wurde und ich sagte, dass ich keinen Schritt mehr weitergehen könne, bevor ich nicht einen Schluck Wasser getrunken und einen Bissen von irgendetwas genommen hätte. Ich blieb bockig stehen, der Hund jaulte auf, und die Hohenembs schaute mich an, als ob sie mich zum ersten Mal wahrnehmen würde. Ida, gib ihr von der Brühe, die hilft gegen alles, unberufen, und Ida ließ den Koffer auf den Boden fallen, riss unwillig den Ledergurt auf, der um den Kofferbauch geschlungen war, hob den Deckel und holte eine grüne Thermoskanne heraus und einen Silberbecher, der innen mit Gold ausgekleidet war. Sie schenkte ihn mit einer dunklen Flüssigkeit halb voll, wobei sie die Kanne, so hoch wie ihr kurzer Arm reichte, über das Silbergefäß hielt und einen dünnen Strahl in den Becher prasseln ließ. Ihre Fingernägel sahen noch übler aus als beim letzten Mal, gesäumt mit eingetrockneten Blurrändern. Ohne mich anzusehen, streckte sie mir den Becher entgegen. Es schäumte ein wenig, und ich trank das Gefäß in einem Zug leer. Es musste eine Art eingedickter Rindsuppe sein, ich bildete mir ein zu spüren, wie ich augenblicklich an Kraft zurückgewann. Noch mehr, befahl die Hohenembs, sei nicht so geizig, und Ida schenkte mir zögernd nach, wieder nur halb voll. Ich trank in mehreren kleinen Schlucken, und jetzt erst nahm ich die verschiedenen Aromen wahr, es schmeckte intensiv nach Rind, gelben Rüben und Petersilie, dickflüssig im Mund, ein leichtes Völlegefühl stellte sich ein, nicht unangenehm. Jetzt schlafen können, dachte ich. Die Hohenembs, bereits ungeduldig wegen der Verzögerung, drängte uns weiterzugehen. Wir mussten noch einmal die Rennbahn umrunden, bis die Dame endlich einen Platz ausgewählt hatte, und Ida und ich ins Gras sanken. Die Hohenembs sah uns verständnislos an. Von Ida bin ich das ja gewohnt, übergewichtig und kurzatmig wie sie ist, aber eine junge Frau wie Sie? Sie zog selbst ein weißes Damasttuch aus dem Koffer, breitete es auf dem Boden aus, ohne es glattzustreichen, und begann das Tuch mit Besteck, Tellern, Bechern, Schüsseln und Terrinen in verschiedenen Größen und mit Deckeln verschlossen, alles aus reinstem Silber, ohne erkennbares System vollzustellen, bis nichts mehr darauf passte. Ida, deren Aufgabe das eigentlich gewesen wäre, lag ausgestreckt am Boden und schnaufte rasselnd, ihr großer Bauch hob und senkte sich zu schnell. Wäre ich nur endlich in Korfu, brach es aus ihr heraus. Ratlos neben ihr stand der hochbeinige Hund und wartete. Ich öffnete eine Plastikflasche Mineralwasser, bot der Hohenembs einen Becher an, den sie mir mit behandschuhten Fingern abnahm, drückte Ida einen in die Hand und trank selbst zwei hintereinander. Die Hohenembs ging ungeduldig auf und ab und merkte an, dass Ida nun wohl genug geruht habe. Diese setzte sich umständlich auf, wobei sie sich am Hund festhielt, der keinen Zentimeter wich. Sie begann das Essen auszupacken und auf den Schüsseln anzurichten. Es gab kleine Schnitzel, Erbsenreis in Ringform, Schinkenröllchen, Blätterteigtäschchen, Kartoffelsalat, Mayonnaisesalat, Heringsalat, Kaiserschmarren, Zwetschgenröster und Esterházytorte, alles durcheinander. Die Suppe von vorhin schenkte Ida in zwei Becher ein, gab einen der Hohenembs, einen behielt sie in der Hand, mir stand offenbar keiner mehr zu. Der Hund legte sich neben das Tuch und sah sehnsüchtig mit seinen Hundeaugen auf die Speisen. Die Hohenembs, die inzwischen den Picknickplatz einige Male umkreist hatte, setzte sich endlich ins Gras und ordnete ihren Rockteil. Sie knöpfte den Saum hinunter und verlängerte dadurch den Rock. Sie zog die Handschuhe aus und ließ sich von Ida die Knopfreihen an ihren Ärmeln öffnen, schob sie bis über die Ellbogengelenke hinauf und hielt ihre blassen Unterarme in die Sonne. Am rechten Handgelenk trug sie ein blutrotes, eng an der Haut anliegendes Samtarmband, in der linken Armbeuge hatte sie grünliche Flecken und Punkte, die wie Einstichstellen von Nadeln aussahen. Aufrecht saß sie da, betrachtete die Speisen und verglich sie mit einer handgeschriebenen Liste auf Büttenpapier, die Ida ihr gereicht hatte. Ida wartete, nein, lauerte, bis die Hohenembs endlich anfing zu essen, dann erst schlürfte sie ihre Suppe und begann konzentriert einen Bissen nach dem anderen in den Mund zu schieben, zu kauen und zu schlucken, mechanisch und stur, als hätte sie eine schwierige Aufgabe zu lösen. Die Hohenembs seufzte angesichts Idas Essverhalten. Sie selbst aß langsam und von allem nur ein, zwei Happen, als ob sie ihre eigene Vorkosterin wäre, und war trotzdem bald mit dem Essen fertig. Ich aß nur wenig, ein Schnitzel und ein bisschen Erbsenreis, keinen von den Salaten, die zu fett waren, als dass ich sie im Magen hätte behalten können. Hätte ich geahnt, dass Ida, nachdem die Hohenembs fertig gegessen hatte, was diese durch eine alles wegwischende Handbewegung kundtat, mit vollen Backen das Essen samt Geschirr sofort abräumen und im Koffer verstauen würde, während sie sich dabei verstohlen die Reste in den Mund stopfte, hätte ich doch mehr gegessen oder mir wenigstens etwas eingesteckt. Es gab nur noch Tee aus kleinen Silbertassen und für jeden eine Praline, dann war dieses hastige Picknick beendet. Wie gerne wäre ich auf der Wiese liegen geblieben, hätte ein bisschen geschlafen oder in die Luft geschaut, aber die Hohenembs war unerbittlich. Sie knöpfte ihren Saum nach oben, zog die Ärmel hinunter und hielt Ida ihre Arme hin, damit diese die Knöpfe schließen konnte. Sie trieb uns auf und dirigierte Ida und mich in den Wurstelprater, wobei sie von einer Vorführung sprach, die hier irgendwo gegeben würde, und die wir uns unbedingt ansehen müssten. Ich kaufte mir eine Flasche Cola. Bei jedem Schluck spürte ich, wie das Cola das Schnitzel in meinem Magen zersetzte, und bekam zu allem Überfluss Sodbrennen. Wir irrten eine Zeit lang umher, das Riesenrad drehte sich einmal links, einmal rechts von uns, nirgendwo gab es Hinweise auf diese Vorführung, laut Hohenembs sollte eine Frau ohne Unterleib Wiener Lieder zum Besten geben. Während dieser Odyssee sagte sie plötzlich mit belegter Stimme – als müsse sie sich dafür entschuldigen –, dass der Prater sie magnetisch anziehe, sie könne nichts dafür, an einem Ort wie diesen hätte sie ihr erstes und einziges Geld selbst verdient, Münzen, die man ihr in den geschürzten Rock warf, nachdem sie vor wildfremden Leuten getanzt hatte, als Kind, nach Melodien, die ihr Vater auf der Zither gezupft habe. Diese Münzen besäße sie noch, zum Glück war sie nie in die peinliche Lage gekommen, sie ausgeben zu müssen. Sie lachte kurz auf und schlug sich dann die Hand vor den Mund, es war wohl eher als Witz gemeint. Ida sagte, sie würde heute, selbst wenn sie wollte, die Münzen gar nicht ausgeben können, denn sie seien längst nicht mehr gültig, so lange sei das schon her. Wahrscheinlich musste sie die Münzen alle paar Wochen auf Hochglanz polieren. Die Hohenembs schwieg beleidigt und zupfte an ihren Handschuhen. Mehrmals kamen wir an dem großen Platz vorbei, wo sich seltsame Wesen aus bemaltem Gips aus dem Boden und über den Boden wanden, erstarrt in ihren Bewegungen, mit verzerrten Gesichtern und grotesk verdrehten Gliedmaßen. Bei manchen war der Rücken oder der Hintern wie eine Sitzfläche geformt. Sie sollten wohl das Personal eines Varietés darstellen, Schlangenmenschen, Dicke mit Frack und Zylinder, grimassierende Bohnenstangen mit zu kurzen Anzughosen, aus denen die Knöchel wie krankhafte Beulen hervorstachen, Frauen halbnackt oder im grellen Zirkustrikot. Ich fühlte mich merkwürdig betroffen bei diesem Anblick. Geradezu verletzt. Vielleicht war es das schmerzhafte Sich-Winden, das meine Abneigung hervorrief, weil es an unbestimmte Qualen, Zwang, letztlich an den Tod erinnerte. Auch die Hohenembs stöhnte, wenn wir vorüberkamen. Schon wieder diese Fratzen, und sie wandte den Blick ab, während Ida und ich trotz des Widerwillens, den diese Figuren in uns hervorriefen, sehnsüchtig den Kopf nach ihnen drehten und nichts lieber getan hätten, als uns auf deren Hintern niederzulassen und auszuruhen. An jeder Schießbude musste sich Ida erkundigen, wo die ominöse Aufführung stattfände, aber niemand hatte davon gehört. Wahrscheinlich hätten wir uns im Tag geirrt, oder im Jahr, denn normalerweise seien sie, die Pächter, die ersten, die von solchen Auftritten erfahren würden. Doch die Hohenembs ließ nicht locker und am Ende waren wir bei jeder Schießbude gewesen, in jedem Lokal, selbst in der Geisterbahn hatten wir gefragt, im Sexmuseum und beim Fliegenden Teppich. Im Sexmuseum hatte ein Liliputaner uns eine schlecht gedruckte Broschüre gegeben, der man die Öffnungszeiten und die *Attraktionen* entnehmen konnte. Schließlich musste die Hohenembs zugeben, dass sie sich geirrt hatte, und meinte, dass wir stattdessen ins Sexmuseum gehen sollten, das sei lehrreich und gleichzeitig unterhaltsam, sie würde die Tickets bezahlen. Als wir uns der Kassa näherten, bemerkten wir, dass der Liliputaner, der uns zuvor die Broschüre gegeben hatte, mit einer Flinte auf uns zielte. Wir blieben stehen, und er senkte das Gewehr und grinste uns an. Er saß auf einem Barhocker in seinem blechernen Kassahäuschen, dessen Tür weit offen stand, und winkte uns heran. Er hatte einen Buckel. Die Hohenembs lächelte ihn an und sagte, Dreimal, und fragte, ohne sich offensichtlich auch nur im Geringsten dafür zu genieren, ob sie ihm auf den Buckel greifen dürfe, das bringe Glück. Der Liliputaner erlaubte es ihr und machte einen schmalen Mund, sie trat in das Kassahäuschen, und während sie den Handschuh von ihrer Rechten zog und mit der nun nackten Hand auf seinem Buckel auf und ab fuhr – das rote Samtarmband schimmerte matt –, riss er ganz langsam drei Zettel von einer Rolle und hielt sie ihr nach einigem Zögern hin. Eine deutliche Aufforderung, dass es nun genug war mit dem Buckelstreicheln. Sie nahm die Zettel unwillig, Ida bezahlte – die Hohenembs trug selten Geld bei sich, wie sie sagte –, und stellte ihren Koffer ins Kassahäuschen, nachdem sie gefragt hatte, ob es eine Garderobe gäbe und der Liliputaner verneint hatte, aber man könne alles bei ihm abgeben, auch den Hund. Was haben Sie mit Ihrem Auge gemacht, fragte er beiläufig, während er sich hinunterbeugte, um die Leine des Hundes an seinem Barhocker festzubinden, und Ida und die Hohenembs sahen mich so interessiert an, als hätten sie die ganze Zeit darauf gewartet, dass ich eine Erklärung zu dem Zustand meines Auges abgab, und ich sagte leichthin, Eine Ader ist mir geplatzt, als ob es das Selbstverständlichste der Welt wäre. Der Liliputaner nickte und begann den riesigen Hundekopf, der nun in seinem Schoß lag, zu streicheln. Meine geschwollenen Lymphdrüsen erwähnte er nicht, auch nicht meine vernarbten Fingerknöchel, wofür ich ihm sehr dankbar war, denn ich hatte an seinem Blick bemerkt, dass ihm beides sehr wohl aufgefallen war, und wie ich das erklären sollte, ohne mich bloßzustellen, wusste ich nicht. Auf die Blechverkleidung über dem Eingang des Sexmuseums war eine Frau gemalt, nackt, mit orangebrauner Haut und langen wehenden Haaren in einer undefinierbaren Farbe, etwas zwischen beige und Abwaschwasser. Ihre Beine waren im Verhältnis zum Oberkörper zu kurz und zu klein. Es sah aus, als ob sie von unten her schrumpfen würde, oder war das ein Vorstadium zur Frau ohne Unterleib? Eine Anspielung auf den Zwergenkassier? Es hätte auch, mit viel Wohlwollen, die Ansicht aus einer Vogelperspektive sein können. Diese Absicht, wenn es denn eine gewesen war, war misslungen. Vielleicht zeigte es Alice im Wunderland, unmittelbar nachdem sie einen Schluck aus der Flasche mit dem Aufdruck *Trink mich* genommen und zu schrumpfen begonnen hatte. Allerdings hatte Alice ihren Schrumpfvorgang anders empfunden, nämlich wie das Ineinanderschieben der unterschiedlichen Stufen eines Fernrohres. Lieber wäre ich mit Charlotte hier gewesen. Wir standen jetzt in einem Korridor, der von schwachen Lampen erleuchtet war, an den Wänden befanden sich Bilder, offensichtlich vom selben Künstler hergestellt wie das Gemälde über dem Eingang. Verschiedene Orgienszenen waren zu sehen, die endgültig bewiesen, dass der Maler mit den Perspektiven nicht zurechtgekommen war. Im ersten Raum, genauso düster wie der Korridor, klärte ein Schild auf: *Die Geschichte der Sexualität.* Hinter Glas waren Daguerreotypien aufgehängt, aus der Mitte des vorletzten Jahrhunderts, die Anfänge der erotischen Fotografie, schimmernd in Sepiafarben. Mädchen alleine oder zu zweit auf Diwanen liegend, mit Schleiern drapiert oder Blumenblüten, posierend mit Staubwedeln in der Hand oder an Bäume gelehnt, mit fröhlich verschmitztem Gesichtsausdruck, sich ihrer dicken Schenkel und Bäuche anscheinend überhaupt nicht bewusst. Das war etwas anderes als die zähnefletschenden und durchtrainierten Models unserer Zeit, die nur ein frostiges Lächeln zustande bringen, von dem man behauptete, es sei verführerisch. Auch die Hohenembs war fasziniert von den Bildern, sie betrachtete jedes einzelne genau. Warum hat man mir das so lange vorenthalten, klagte sie. In jeder Diskontbuchhandlung bekommt man Bücher mit solchen Abbildungen, meterweise stehen sie in den Regalen, sagte ich in ihre Richtung, und sie rief theatralisch: Aber damals, damals! Ida! Mein Schönheitenalbum! Wo ist das eigentlich hingekommen? Ständig verschwinden die Sachen auf unerklärliche Weise. Du besorgst mir gleich am Montag so ein Buch, unberufen. Nicht zu teuer! Ida murmelte etwas, dem ich nur das Wort *Korfu* entnehmen konnte, und sah sich die Fotos genauer an. Sie musste kurzsichtig sein, sie stieß fast mit der Nase an die Glasscheiben. Die Herren Diplomaten haben diese Bilder wohl für den eigenen Gebrauch aufgehoben und Ihnen nur die bekleideten Damen geschickt, sagte sie und schien hocherfreut, das Problem gelöst zu haben. Verbrecher!, rief die Hohenembs aus. Alles Verbrecher! Immer haben sie gegen mich intrigiert. Immer! Sie verstummte und starrte mit offenem Mund auf eine Serie von *ethnographischen* Fotos, die schwarze Frauen mit Ketten behängt oder schmucklos nackt zeigten. Manche waren bemalt oder mit kunstvollen Narben geschmückt, die meisten mit geschorenem Haar, ein paar wenige mit vielen dünnen Zöpfchen, die mit Schnüren umwunden oder mit Perlen verziert waren. Mohren, flüsterte sie, Mohrinnen. Es heißt Schwarzafrikaner, Mohr sagt man schon lange nicht mehr, und Neger auch nicht, belehrte Ida sie. Ach so? Meinetwegen. Gibt es auch Bücher mit Schwarzafrikanerinnen?, fragte sie mich. Vor »Schwarzafrikanerinnen« machte sie eine bedeutungsvolle Pause. Natürlich, sagte ich. Es gibt Bücher für alles. Es heißt aber inzwischen Schwarze. Woher wollen Sie denn wissen, ob die betreffende Person aus Afrika kommt. Sehr gut, famos, Ida, du gehst am Montag in die Buchhandlung und kaufst ein paar Bücher mit Negerinnen. Ida antwortete nicht, sie war schon im nächsten Raum. Die Hohenembs konnte sich nicht von den Bildern der, wahrscheinlich doch, Schwarzafrikanerinnen trennen, denn wo sollten diese Fotos sonst aufgenommen worden sein, wenn nicht in Afrika, von weißen Ethnologen, unter dem muffigen Deckmantel des maskulinen Forschergeistes. In der nächsten Abteilung waren die angeblich ersten Sexzeitschriften ausgestellt, von den Fünfzigern bis in die Neunziger. Kaum vorstellbar, dass es davor keine gegeben haben soll. Die Frauen wurden über die Jahrzehnte immer dünner und durchtrainierter. Hatten sie in den Fünfzigern Orangenhaut auf den Schenkeln und starke Oberarme mit Grübchen, kleine oder größere Bauchansätze, so magerten sie in den Sechzigern und vor allem Siebzigern deutlich ab, in den Achtzigern und Neunzigern wurden sie muskulös und straff, was der Erotik am meisten schadete. Männer tauchten erst vereinzelt in den Plüschkulissen der Achtzigerjahre auf, sie standen verlegen mit glänzend aufgepumptem Oberkörper neben den Frauen, denen sie ihr steifes Glied wie ein Geschenk hinhielten oder gleich in Mund, Vagina oder After steckten. Man hätte den Männern Larven aufsetzen sollen, denn ihr dümmlicher Gesichtsausdruck wirkte alles andere als erregend. Eine Holztreppe führte in den nächsten Raum, der den *Perversionen* gewidmet war, er wirkte eher wie der Ausstellungsraum eines Sexshops. Auf einem falschen Marmor-Podest stand eine dünne goldene Peitsche, und in einem Schrank daneben lagen breite Hand- und Fußschellen, darunter ein Schild, *Mittelalter*. In einem Eck hatte man einen Glaskasten mit Zaumzeug, Steigbügeln und Sporen eingerichtet, alles übereinandergeworfen, als ob man in größter Eile zwei Pferde abgeschirrt hätte. In der Ecke gegenüber war eine Galerie mit Penissen aus Latex aufgebaut, in verschiedenen Farben oder durchsichtig, aufgereiht nach Größe, wie die Kinder eines evangelischen Pfarrers, der letzte und höchste in der Reihe mit 50 Zentimetern Länge. Ich studierte die Latex-Penisse eingehend, manche waren naturgetreu nachgebildet, andere mit einem ausgeprägten Adergeflecht überzogen oder mit Warzen und Quasten bestückt, ich verglich die unterschiedlichen Noppungen und Rillen, kam aber auf keinen grünen Zweig. Das ist nichts für mich, sagte die Hohenembs hinter mir und streifte mit ihrer behandschuhten Hand meine Schulter. Ich hatte sie nicht kommen hören. Sie ging bereits in Richtung Zaumzeug und Peitsche, das schien ihr auch nicht zu behagen. Ida war längst im nächsten Raum. Hier war alles dem Gummi- und Lederfetischismus gewidmet, *Bizarr* hätte auf dem Schild stehen müssen, hätte es eines gegeben: Fotos von Frauen aus allen Kontinenten und in fast allen Altersgruppen, die auf verschiedenste Weise in Gummi- und Lederkostüme geschnürt waren, mit Reißverschlüssen oder unverschließbaren Aussparungen für die Geschlechtsorgane. Manche trugen Gasmasken oder hatten Golfbälle zwischen den Zähnen. Andere waren zusammengefesselt oder verschnürt wie Pakete. Männer fehlten vollständig. Die Hohenembs stand vor einem Foto, auf dem eine nackte nasse Frau abgebildet war, deren dunkles, ebenfalls nasses Haar bis zum Boden hing, und die mit grobgedrehten Seilen an einen Schiffsmast gebunden war, das Schiff offenbar in einem Sturm, alles verdüstert und durchnässt von Regenschwaden. Der Rücken der Hohenembs war gerade und gespannt, in höchster Konzentration betrachtete sie das Bild. Mir fiel auf, dass an ihrem Kleid außer den Saum- und Ärmelknöpfen keine weiteren Knöpfe oder Reißverschlüsse zu sehen waren, auch keine Schnüre oder andere Vorrichtungen wie Haken und Ösen, mit denen man normalerweise Kleidung öffnen und schließen konnte. Sie schien wie in ein Etui eingenäht. Das Bild, das die Hohenembs so genau studierte, passte nicht in diese Galerie, es sah eher wie eine Filmszene aus, der Gesichtsausdruck der Frau war nicht ängstlich oder schmerzverzerrt, sondern erwartungsvoll. Ein weiblicher Odysseus, der den Sirenen standhielt. In der Mitte des Raumes stand eine Puppe mit knallrotem Schreimund, bekleidet mit einem schwarzen Taucheranzug und einer Tauchermaske am blonden Kopf. *Berühren erlaubt*, stand auf einem Pappendeckelschild, und ich strich mit zwei Fingern über ihre Schenkel und legte die flache Hand auf ihren gummibedeckten Bauch. Es war kein glatter Gummi, sondern ein leicht poröser oder geschäumter, ein glatter wäre mir lieber gewesen, ein glatter hätte den Fetisch-Charakter stärker betont. Es reizte mich, der Puppe zwischen die Beine zu greifen, aber es war mir peinlich vor Ida und der Hohenembs. Diese stand schon wieder mit gierigem Blick vor den Fotos und rief nach Ida. Schau dir das genau an, auch dafür wird es Bücher geben, sagte sie. Ida schritt die Fotogalerie ab, zog ein kleines Schreibbuch aus ihrem schlecht sitzenden Kleid und machte sich Notizen.

*

Gefürchtet waren am Hof die Picknicks, die sie für Zigeuner, fahrende Schausteller und allerlei andere dubiose Subjekte veranstalten ließ. Sie hatte so ein großes Herz, meine Schöne! Besonders für die Armen, die in der Welt Benachteiligten. Ob im Prater oder im Schloss von Gödöllö, überall durfte das fahrende Volk sich auf den Wiesen niederlassen und musste von den Hofbediensteten bewirtet werden, als ob sie fürstliche Gäste wären. Die Hofbediensteten hassten meinen szeretett angyalom deswegen, sie fühlten sich gedemütigt, weil sie in Fetzen gehüllten Männern, Frauen und Kindern servieren mussten. Sie zählten das Silberbesteck und die Teller durch, denn dass die Zigeuner versuchen würden, alles, was nicht niet- und nagelfest war, mitzunehmen, war für die Diener eine ausgemachte Sache. Sie aber schritt mit ihrer hohen Gestalt durch die im Gras oder auf eigens dafür aufgestellten Bänken lagernden bunten zerlumpten Reihen, streichelte verkrätzte Kinderköpfe, ließ sich auf der Geige vorspielen oder aus der Hand lesen und verblüffte manch Zigeuneralte damit, dass sie ihr ihrerseits aus der Hand wahrsagte, was diese gar nicht goutierten. Jedem das Seine, da waren sich ausnahmsweise Zigeuner und Lakaien einig.

*

Charlotte saß vermutlich vor dem Telefon und wartete. Ich hätte sie anrufen sollen und ihr erklären, dass ich ein paar Tage allein sein wollte. Sie hätte es nicht verstanden – wie auch, wenn ich ihr nicht die Wahrheit sagte – und bald an der Tür geläutet. Die Wahrheit. Die Wahrheit war, dass ich das Sexmuseum ohne sie besucht hatte. Sie hatte schon immer mit mir ins Sexmuseum gehen wollen. Seit Jahren sprach sie davon. Ich würde nochmals hingehen müssen und so tun, als wäre ich zum ersten Mal dort. Noch einmal in Betrachtung der bunten Penisse versinken. Warum eigentlich nicht? Charlotte ist nicht mager, sie hat einen kräftigen, gut proportionierten Körper mit ausgeprägten Hüften und Oberschenkeln. Bei anderen Frauen störte es mich nie, wenn sie nicht mager aussahen, im Gegenteil, es gefiel mir, wenn sie etwas rundlicher waren. Nur Schwangere konnte ich nicht ausstehen, ich fand sie unappetitlich in ihren ausladenden Körperformen, die sie aufgeblasen vor Stolz zur Schau trugen. Dieser immer riesiger werdende Bauch, der alles verschlang, der alles in Anspruch nahm, der Triumph des wuchernden Fleisches, das sich obszön über die Knochen breitete und alles bedeckte. Die pralle und penetrant rosige Ausstrahlung. Ich dagegen wollte ausgehungert und blass sein. Sagte mein Großvater, wie schlecht ich aussah, wie ein Skelett oder wie ein KZ-Flüchtling, nahm ich das als Kompliment, ohne die Perfidie des Ausdrucks *KZ-Flüchtling* nur im Geringsten zu verstehen. Wenn meine Großmutter das hörte, sagte sie nur, *Ach geh, Josef.* Sie meinte damit, dass man mich, ihre Enkelin, nicht mit KZ-Insassen, *diesen armen Teufeln*, vergleichen konnte. Ich hingegen war zufrieden, je eingefallener meine Wangen waren und je dunkler meine Augenringe. Sagte meine Großmutter, ich sähe gut aus, so gesund und so rote runde Backen, fühlte ich mich krank und aufgedunsen. Ihr Schönheitsideal kam aus anderen Zeiten. Mich sollte man nicht mit Essen in Zusammenhang bringen. Ich wünschte mir ständig, bewusstlos zu werden, zu einer richtigen Ohnmacht brachte ich es aber nie, zwei, drei Kreislaufstörungen mit Schwindel gelangen mir. Ich wollte mich in Luft auflösen, verschwinden wie eine flüchtige Essenz, die, sobald sie mit Sauerstoff in Verbindung kommt, zerfällt. Ich dachte immerzu an die tuberkulosekranken Frauen in der Literatur, die blass und zart und dünn waren und ständig ohnmächtig wurden, selbst wenn sie, wie auf Thomas Manns Zauberberg, den ganzen Tag nichts anderes taten als essen (fünf Mahlzeiten pro Tag – opulentes Frühstück, Mittag- und Abendessen mit mehreren Gängen und zwei Zwischenmahlzeiten wurden den Kranken serviert, weil sie sonst zuviel Eiweiß verloren hätten – dieses Symptom der Tuberkulose faszinierte mich besonders) und liegen, eingewickelt in Pelzsäcke und Kamelhaardecken auf Sonnenterrassen in 1600 Meter Höhe. Man gab ihnen Riechsalz, hielt sie in den Armen oder bettete sie auf Sofas. Dann führte man sie zum Nachmittagstee, gab ihnen Milch oder heiße Schokolade und strich ihnen fingerdick Butter auf große Schnitten Rosinenkuchen. Fünf- oder sechsmal nahm ich den Telefonhörer ab und legte ihn wieder auf. Charlotte durfte nichts erfahren. Nur die Hohenembs konnte ich ihr erzählen. Selbst das würde sie irritieren. Warum ich mit zwei alten Frauen einen Samstagnachmittag im Prater verbracht hatte, ich wusste es nicht. Weil du nie Nein sagen kannst, würde Charlotte antworten. Immer schon hat sie mir vorgeworfen, ich könne nicht Nein sagen, ließe mich in alles hineindrängen, ließe alles mit mir machen, ließe mir alles zu meinem eigenen Nachteil aufhalsen, wenn ich nur nicht Nein sagen müsse, aus Höflichkeit oder falsch verstandener Freundlichkeit, die in Wirklichkeit Feigheit sei. Die Hohenembs hatte im Prater eine neuerliche Zusammenkunft, diesmal im Lainzer Tiergarten, vereinbaren wollen, worauf ich mich nicht eingelassen hatte. Ich konnte also doch Nein sagen. Nach dem Besuch im Sexmuseum hatten wir in einer Gaststätte zwei Biere getrunken. Es war das Stammlokal der Hohenembs, wenn sie mit Ida in den Prater ging. Der mit Grünspan bedeckte kupferne Wal auf dem Dach erinnerte sie an ihre früheren Schiffsreisen. Zwar hätte sie nie einen Wal gesehen, aber oft Delphine, vor den griechischen Inseln und der afrikanischen Küste. In ihrem Haus auf Korfu hatte sie ein Delphinsymbol als Wappentier auf Geschirr, Bettwäsche und Briefpapier anbringen lassen. Leider sei davon kaum mehr etwas übrig, die Sachen seien im Lauf der Zeit verschwunden, wie das eben so gehe, da zerbreche ein Stück, dort werde ein anderes gestohlen. Wenn Ida das Haus bekäme, müsste sie sich völlig neu einrichten. Aber sie brauche ja nicht viel, ihr Idalein. Ida sei ungleich bescheidener als sie selbst, setzte die Hohenembs hinzu. Seit 30 Jahren schon versprechen Sie mir Korfu, hatte Ida, sich kurz aufrichtend, gefaucht, war wieder in sich zusammengesunken und hatte ihr Glas festgehalten. Sie hatte zu den Bieren jeweils einen Schnaps bestellt. Vor den Augen des erstaunten Kellners versenkte sie das Stamperl im Bierkrug und bezeichnete das daraus gewonnene Getränk als U-Boot. Währenddessen legte die Hohenembs mir Termin um Termin für ein nächstes Treffen vor. Ich redete mich mit dringender und unvorhersehbarer Arbeit heraus, zum Teil stimmte es, ich musste nächste Woche einen neuen Kunden besuchen und wusste nicht, was sich daraus ergeben würde. Die Firma, für die ich gelegentlich arbeitete, *Messies Unlimited*, hatte mir den Mann vermittelt, und ihn als schweren Fall eingestuft. Man glaubt gar nicht, wie viele Menschen unfähig sind, ihre Wohnungen in bewohnbarem Zustand zu halten und dankbar für Hilfe von außen, obwohl sie sich gleichzeitig dafür schämen. Es war das einzige, was ich gelernt hatte: innerhalb kürzester Zeit zusammenzuräumen und überflüssige Dinge wegzuschmeißen. Ich hatte ja immer möglichst rasch meine Ess- und Brechspuren beseitigen müssen. Der Mann hatte am Telefon sehr verzweifelt geklungen, seine Wohnung quelle über vor alten Katalogen, Zeitschriften und nie geöffneter Versandware, früher habe ihm die Tochter geholfen, zu ordnen und wegzuwerfen, aber die Tochter wäre nach Australien ausgewandert, käme nur einmal im Jahr und hätte dann für solche Dinge natürlich keine Zeit *(Was glauben Sie!)*. Ja, was glaubte ich? Ich ging in meiner Wohnung auf und ab. Es war Samstag Abend, im Kühlschrank lagen zwei zerdrückte Senftuben und eine Ketchupflasche. Von oben das übliche Poltern, das die Türen in ihren Angeln knarren ließ. Ich überlegte, ob ich kotzen sollte, doch das Picknick war zu lange her. Ein zimperlicher Widerwille vor dem stechenden Geruch des Halbverdauten hielt mich davon ab. Ich war zu lange entwöhnt. Mein Körper rief danach, ihn vollzufüllen und wieder auszuleeren. Ich ging von Zimmer zu Zimmer, öffnete Kastentüren und schaute in Schubladen, legte ein Kleidungsstück zusammen oder warf es in den Wäschekorb. Kam ich am Kühlschrank vorbei, vergewisserte ich mich, dass ich nichts Essbares übersehen hatte. Die ofenwarmen Kuchen der Kindheit, die in Bratensaft zerdrückten Kartoffeln, das gab es nicht mehr. Das stundenlange Einkochen von Erdbeermarmelade mit Früchten aus dem eigenen Garten, das Ausbreiten der Walnüsse auf dem Küchentisch, mit beiden Händen, das stumme Auslösen der großen Käferbohnen. In eine Schüssel mit den buntgesprenkelten Bohnen zu greifen und sie durch die Finger rieseln zu lassen. Die kleinen Ribiselkugeln von den Ästen zu zupfen, ein Geduldspiel, das einen zusammen mit der gleißenden Sommersonne in Trance versetzen konnte. In den Garten geschickt zu werden, um Petersilie zu holen und (zum hundertsten Mal) mit Karottengrün zurückzukommen. Mit einem Weidling in den Garten zu gehen, um Salat und Paprika für das Mittagessen zu holen. Die hochgeschossenen Häuptelsalate, von mir hartnäckig wider besseres Wissen als Häuptlinge bezeichnet. Die Gewissheit, dass heute, morgen und übermorgen das Mittagessen um zwölf auf dem Tisch stehen wird. Soweit heruntergekommen, dass ich mir aus Polentagrieß oder Haferflocken einen Brei kochen musste, war ich zum Glück noch nicht. Ich kam auf den grandiosen Einfall, mich zu betrinken. Das war der Ausweg! Dagegen konnte auch Charlotte nichts sagen.

*

In ihrem Schönheitenalbum sammelte sie Photographien von Frauen aus ganz Europa. Mein kedvesem machte keinen Unterschied zwischen den Ständen, eine Petersburger Gräfin war ihr ebenso recht wie ein Bauernmädel aus der Toskana. Lola Montez war eingeordnet und George Sand, beide in ihrer fortgeschrittenen reifen Schönheit. Hauptperson des Albums war aber ihre Schwester, die Exkönigin Marie von Neapel, von ihr gab es die meisten Portraits. Die beiden sahen einander so ähnlich, dieselbe melancholische Schönheit war ihnen eigen. Die Exkönigin war, was ihre Kleidung betraf, um vieles exzentrischer als meine Taube. Von schlichter Eleganz hielt sie nichts. Von sich selbst hatte mein kedvesem kein Bild eingefügt, dabei überstrahlte sie alle mit ihrem Liebreiz wie der prächtigste Mondstern. Die österreichischen Gesandten erhielten die Weisung, Portraits aus der ersten Gesellschaft der Stadt, in die sie abbestellt waren, zu schicken. Von überall her kamen Bilder mit aristokratischen Damen vor den immer gleichen Atelierkulissen. Nur der türkische Botschafter schickte aus Konstantinopel exotische Damen von ungesicherter Herkunft, in Pluderhosen und kurzem gesticktem Leibjäckchen und Samtpantoffeln, wie geradewegs aus dem Harem. Er schrieb in seinem Begleitbrief bedauernd, dass sich die türkischen Frauen der oberen Schicht mit wenigen Ausnahmen nicht photographieren ließen, auch nicht durch ihre Männer dazu veranlasst werden könnten. Ich glaube eher, dass die türkischen Männer etwas dagegen hatten und es ihren Frauen verboten. Aus Paris wiederum kamen skandalöse Konterfeis von Artistinnen, Schauspielerinnen und Baletttänzerinnen in Berufsbekleidung, in kurzen Röckchen oder sogar in eng anliegenden Beinkleidern, die nichts verbargen. Man spielte damit auf ihre Liebhaberei für die Zirkuswelt und das Varieté an, sie nahm es gelassen, im Gegenteil, sie ergötzte sich an diesen Bildern in besonderem Maße.

*

Die Hohenembs winkte mich zu sich und erklärte mir die Funktion der Entenpressen. Sie seien aus Frankreich importiert, wo man sie für das Gericht *Canard au sang* verwendete, indem man die Karkassen der Enten, das sind die nach dem Loslösen des Fleisches übriggebliebenen Gerippe, auspresste. Die Entenpressen ähnelten den großen Citruspressen, die Kaffeehäuser und Bars verwenden, allerdings sah der Schraubhebel, der das Pressgut nach unten schieben sollte, massiver und unerbittlicher aus. Sie erinnerten an kompakte

Daumenschrauben. Mit solchen Entenpressen habe sie früher rohes Kalb- und Rindfleisch auspressen lassen und den Saft getrunken, gewürzt mit Salz und Pfeffer, manchmal roh, manchmal abgekocht. Das helfe, wenn man nicht zu stark werden wollte – sie meinte wohl zu dick –, sei gleichzeitig überaus nahrhaft und dämpfe auf längere Zeit das Hungergefühl. Da sich leider keine einzige Entenpresse mehr in ihrem Besitz befände, trinke sie das nicht mehr, sondern müsse sich mit einfacher Bouillon begnügen, die könne sogar Ida zubereiten. Sie habe schon daran gedacht, eine der Pressen zu entwenden, es schien ja nicht so schwierig zu sein, etwas aus einem Museum mitzunehmen. Noch dazu hier, wo es keine Garderobe gab und die Leute mitsamt ihren Taschen durch die Ausstellungsräume geschleust wurden. Und dass die Monitore der Überwachungskameras nicht immer besetzt waren, wisse man, seit der Salzfassräuber ausgesagt habe. Im Grunde handle es sich ohnehin um ihr rechtmäßiges Eigentum. Ich fragte, wie sie das meinte. Das könne sie mir jetzt nicht erklären, die Entenpressen gehörten eben ihr. Sie sah mich an, ich trug eine mittelgroße Tasche, in der alle vier Entenpressen leicht Platz gefunden hätten, wie mir jäh bewusst wurde. Die Entenpressen standen unter einem Glassturz, den man wahrscheinlich nur aufzuheben brauchte, um Alarm auszulösen. Die Hohenembs strich mit den Fingern am Rand des Glases entlang und lüpfte die Glashaube ganz leicht. Machen Sie die Tasche auf, flüsterte sie, und im selben Moment öffnete sie den Glassturz mit beiden Händen, klappte ihn auf – Ida stand auf einmal da und übernahm das Halten des Glasdeckels –, die Hohenembs holte die größte der Entenpressen heraus und legte sie tief in meine Tasche, die ich auf ihren Befehl hin geöffnet und ihr hingehalten hatte. Sie rückte die drei übrigen Pressen so zurecht, als ob sie immer schon zu dritt auf der samtigen Plattform gestanden hätten, und entfernte eines der Schildchen, das sie in ihr Kleid steckte. Ida ließ den Glassturz vorsichtig sinken. Machen Sie schon die Tasche zu, zischte die Hohenembs, und ich tat es. In diesem Moment läutete mein Handy, ich musste die Tasche nochmals öffnen, es läutete weiter, am Display schien eine Handynummer auf, die ich nicht kannte, wahrscheinlich Charlotte, von einem fremden Gerät. Mit zitternden Händen schaltete ich den Anruf weg. Sie musste natürlich bemerken, dass ich ihren Anruf absichtlich nicht angenommen hatte. Ich würde sie anlügen müssen. Keine Aufregung, sagte die Hohenembs, wir gehen in aller Ruhe zum Ausgang. Sie schritt voran, Ida und ich gingen ihr nach, Ida hakte mich unter, stützte und führte mich mehr oder weniger. An meiner anderen Seite hielt ich die Tasche umklammert, die schwer wie Blei war. Ich fühlte mich so alt und hinfällig wie die beiden Frauen zusammen. Alleine hätte ich keinen Schritt machen können und mich auf den Boden gesetzt und gewartet, bis man mich hinaustrug, ins Gefängnis, ins Krankenhaus, in den Narrenturm, wohin auch immer. Wir kamen unbemerkt zum Ausgang und gelangten in ein Stiegenhaus, dessen Treppen mit roten Kokosläufern ausgelegt waren. Ein junger Mann mit einem Käppi saß auf der dritten Stufe von unten und las ein Buch. Es war ein Taschenbuch, und er hielt die umgeschlagenen Seiten so fest zusammengedrückt, dass der Buchrücken schon mehrmals gebrochen sein musste. An seine linke Brusttasche war ein Namensschild geheftet: Johannes. Als wir an ihm vorbeigingen, sah er kurz von seiner Lektüre auf und sagte sehr liebenswürdig, Auf Wiedersehen. Wir eilten zwei Stockwerke hinunter, kamen am Büro des Kunststaatssekretärs vorbei, und ich dachte, dass es wahrscheinlich schwieriger war, einen Termin bei ihm zu bekommen, um die Entenpresse zurückzugeben, als sie nebenan zu stehlen. Im Laufschritt entfernten wir uns vom Areal der Hofburg in Richtung Karlsplatz, wo wir in eine der Straßenbahnen einstiegen. Ida half mir mit der Tasche. Nach zwei Stationen Schweigen sagte die Hohenembs, dass ich mit den beiden in ihre Wohnung kommen solle. Sie stand neben der Doppelbank, auf der Ida und ich saßen, obwohl sonst alle Plätze frei waren. Ihrer Stimme war eine schlecht unterdrückte Heiterkeit anzumerken, ja, sie kicherte in sich hinein und hielt sich dabei den Mund mit der Hand zu. Ida sah schwermütig aus dem Fenster. Wahrscheinlich dachte sie an die ekelhafte Prozedur mit dem Fleischsaft, die sie ab nun würde durchführen müssen, an die aufwändige Reinigung der Presse, die notwendig war, da sich sonst sofort Verwesungsgestank breitmachte. Je eher ich die Entenpresse loswurde, desto besser. In ihrer Wohnung nahm ich die Presse aus meiner Tasche, stellte sie auf einen Tisch und ging grußlos Richtung Flur. Der Irische Wolfshund stellte sich mit seinem hochstehenden Leib quer in den Weg und behinderte mich. Möchten Sie nicht ein Glas Fleischsaft probieren? Ida holt schnell ein paar Kalbsschnitzel!, rief die Hohenembs mir nach, und, Sie werden sich wundern! Ich stieg umständlich über den Hund, warf die Tür hinter mir zu, ohne darauf zu achten, ob er sich womöglich die Schnauze einklemmen würde, den Tränen nahe. Ich lief in den kleinen Park gegenüber meiner Wohnung. Die Tasche, jetzt wieder leicht, zu leicht, schlenkerte hin und her, schlug mir zwischen die Beine und brachte mich ins Straucheln. Die momentane Leichtigkeit der Tasche wird sich später rächen, dachte ich, und sah mich im Gefängnis ebenso leichte Papiertüten kleben. Ich setzte mich auf eine Bank und blickte auf meine Fenster, vier durch Sonneneinstrahlung blendende Spiegel, unmöglich erkennbar, ob sich dahinter jemand aufhielt und bereits die Wohnung durchsuchte oder mir zuschaute, wie ich zu mir hinüber gaffte. Im Park beobachtete niemand meine Fenster. Ein paar Obdachlose saßen an einem der Holztische und ließen eine Doppelliterflasche Rotwein zirkulieren. Mütter standen am Rand der Sandfläche und passten auf, dass ihre Kinder nicht mit fremden Schaufeln gruben. Tauben wurden verscheucht, was diese nicht hinderte, sich unverdrossen anzunähern. Ein normaler Werktagssommernachmittag in einem normalen, etwas schäbigen Park. Dass die Polizei in meiner Wohnung war, hielt ich für ausgeschlossen. Keiner hatte uns gesehen, niemand verfolgt, selbst wenn wir beobachtet worden wären, wusste ja niemand, wer wir waren, geschweige denn, wo wir wohnten. Zudem befand sich die Entenpresse in der Wohnung der Hohenembs, in meiner gab es überhaupt keinen Hinweis auf die Existenz einer Hohenembs. Allerdings waren sie und Ida höchst auffällige Figuren, die jederzeit wiedererkannt werden konnten, vom Kassier, von den Aufpassern oder von Museumsbesuchern. Da war doch eine dritte dabei, würden sie sagen, so eine unscheinbare, wie die genau ausgesehen hat, wissen wir nicht mehr, sie trug kein langes schwarzes Kleid wie die beiden anderen, sie war eher normal angezogen, Jeans und T-Shirt wahrscheinlich, so wie alle jungen Leute heutzutage, wie soll man sich da ein Gesicht merken usw. Ich leerte die Tasche auf meinen Oberschenkeln aus. Das Handydisplay zeigte weder eine neue Nachricht noch einen entgangenen Anruf. Sonst war nicht viel in der Tasche, ich stopfte alles in meine Hosensäcke, ging ein paar Häuserblocks weiter und warf die Tasche, seit Jahren meine

Lieblingstasche und ein Geschenk von Charlotte zu meinem 30. Geburtstag, in einen Müllcontainer. Ich versuchte den Gedanken an Charlotte zu verdrängen. Wie sie mich ansehen würde und die Augenbrauen verziehen, wenn ich ihr gestehen musste, dass ich die Tasche irgendwo liegengelassen hatte, vielleicht wäre es besser, man hätte sie mir gestohlen, aus der Hand gerissen, das Trageband zerschnitten?

*

Ihre Angewohnheit, in fremde Häuser und Wohnungen einzudringen, machte dem Kaiser sehr zu schaffen. Diese Marotte entwickelte sie erst in späteren Jahren. Wenn sie auf den gewaltigen Spaziergängen einer Stärkung bedurfte, ging sie in das nächstbeste Haus, um ein Glas Milch und ein Butterbrot zu verlangen. Man händigte ihr fast immer das Gewünschte aus, erkannt wurde sie meist nicht, sie gab ihre Identität natürlich nie preis. Nur einmal wurde sie von einer Frau davongejagt, die es nicht duldete, dass sich eine Fremde bei ihr so frech einschlich. Auch an den europäischen Höfen tauchte sie am liebsten überraschend und unangemeldet auf und verursachte damit arge Peinlichkeiten. Einmal wurde sie arretiert, weil ein Wachposten sie nicht erkannte und keine Hofdame sie begleitete. Sie sah in ihren schwarzen Wanderkleidern – seit Rudolfs Tod trug sie ausschließlich Schwarz – auch nicht sonderlich elegant aus und konnte daher leicht für irgendeine dahergelaufenene seltsame Frau gehalten werden. Sie saß Stunden auf der Wachstube, bis sich das Missverständnis klärte, und musste vom am Boden zerstörten Hofmarschall ausgelöst werden. Mein kedvesem liebte solche Auftritte.

*

In den nächsten Tagen saß ich alleine in meiner Wohnung, aß und erbrach abwechselnd und ging nie zum Festnetztelefon, wenn es läutete. Ich fühlte mich in meiner eigenen Wohnung nicht mehr sicher. Jeder, dem es einfiel, konnte hier anrufen und mich in etwas verwickeln. Eine Frau Savka von der Hausverwaltung hatte mich am Handy erwischt. Ich kannte die Nummer nicht und dachte, es wäre vielleicht Charlotte, von einem geborgten Gerät. Frau Savka fragte, ob ich mich bezüglich meiner Wohnung entschieden hätte und verlängern wolle, da der Mietvertrag zum Ende des Monats ablaufen würde. Ich hatte völlig vergessen, dass der Vertrag auslief, und sagte, dass ich unbedingt verlängern wolle. Nachdem sie aufgelegt hatte, dachte ich, das war ein Fehler. Besser wäre natürlich, unter diesen Umständen auszuziehen. Aber ich hatte mich an die Wohnung gewöhnt, es war die erste, die ich alleine gefunden und renoviert hatte. Ich hing an dieser Wohnung. Mein rechtes Auge hatte sich gebessert, wenn ich in den Spiegel blickte, waren nur noch versprenkelte rosa Pünktchen zu sehen, die Lymphdrüsen blieben geschwollen, die Kiefer taten mir weh. Die Jalousien der straßenseitig gelegenen Fenster hatte ich heruntergelassen, damit mich aus dem Park niemand beobachten konnte. Dem Mann, dessen Tochter nach Australien ausgewandert war, hatte ich den Termin abgesagt und wegen ansteckender Krankheit auf unbestimmte Zeit verschoben. Er hatte verzweifelt geklungen, und Wut war in mir aufgekommen, konnte er seinen Müll nicht alleine wegräumen? Es war vor allem die Wut auf mich selbst. Trotz eines abgeschlossenen Studiums mit Auslandssemestern sollte ich das Gerümpel anderer Leute entsorgen und mir gleichzeitig die Geschichten ihrer verpfuschten Leben anhören. Und es war noch dazu meine eigene Idee gewesen, nach unzähligen Bewerbungen und fehlgeschlagenen Vorstellungsgesprächen, die nur dazu dienten, den Personalchefs eine Beschäftigung zu verschaffen, mit der sie ihre lächerliche Macht auskosteten. Ich hatte den Hörer neben den Apparat gelegt, und die Jammertiraden des Mannes verwandelten sich in ein gleichmäßiges Brummen, unterbrochen von wehleidigem Aufschnupfen. Nach zehn Minuten, während denen ich die Gegenstände auf meinem Wohnzimmertisch geordnet und umgruppiert hatte, nahm ich den Hörer wieder auf und sagte, dass ich nun weg müsse, ins Krankenhaus, in die Quarantäne-Abteilung, verabschiedete mich höflich, mit unterdrücktem Hass, und legte auf. Was dachten diese Leute eigentlich? Charlotte war offensichtlich beleidigt und wartete, dass ich mich meldete. Zweimal war jemand an meiner Tür gewesen und hatte geklopft. Beide Male kniete ich vor der Kloschüssel. Ich unterbrach meine Tätigkeit und wagte kaum zu atmen. Ich fühlte mich wie eine Verbrecherin. Die Störung fuhr als Faustschlag in den halb entleerten Magen. Das Blut rauschte in meinen Ohren. Obwohl ich mich lautlos erbrochen hatte, rührte ich mich nicht von der Stelle, ich fürchtete, man könnte von draußen ein Knarren oder Atmen vernehmen. Dass Charlotte an der Tür geläutet haben konnte, hielt ich für ausgeschlossen. So weit hätte sie sich niemals herabgelasssen, nach allem, was ich mir inzwischen geleistet hatte. Das lautlose Erbrechen musste ich mir erst mühsam erarbeiten, begonnen hatte ich damit, mir Zahnbürstenstiele, Pinsel oder Straußenfedern, die ich mir extra für diesen Zweck kaufte – ich hatte gelesen, dass es die alten Römer damit machten –, in den Rachen zu stecken. Mit den Fingern hatte ich keinen Erfolg, ich kam nicht tief genug hinunter, bis zu dem Bereich, wo der Brechreiz beginnt. Die aufgeschürften und mit der Zeit vernarbenden Fingerknöchel, die durch die ständige Reibung am oberen Gaumen entstehen, konnte ich mir dennoch nicht ersparen, weil ich es wieder und wieder versuchte. All die Stiele rieben meine Kehle auf, bis es blutete, und das erschreckte mich immer so, dass ich den Kotzvorgang unterbrach. Dadurch kam nicht alles heraus. Ich versuchte es wieder mit den Fingern, was nie gelang. Die Straußenfedern wiederum verschmutzten schon nach einem Mal, außerdem kosteten sie den Gegenwert von drei, vier Lebensmitteleinkäufen und waren nicht einfach zu bekommen. Als ich einmal unsere Katze beobachtete, wie sie auf dem Wohnzimmerperserteppich kauerte und würgend kugelrunde Grasballen erbrach, begleitet von abgehackten Jammerlauten, versuchte ich es ihr nachzumachen und übte mich im Würgen. Hatte ich anfangs einen grässlichen Lärm dabei veranstaltet, konnte ich es schließlich soweit perfektionieren, dass man nichts mehr hörte, was mich in die Lage versetzte, jederzeit, sogar wenn meine Eltern sich im angrenzenden Badezimmer aufhielten, meinen Mageninhalt ohne Hilfsmittel heraufzuwürgen. Selbst die Katze machte mit ihren Grasballen lautere Geräusche als ich. Das Essen durfte allerdings höchstens eine Stunde zurück liegen, und man musste sehr viel dazu trinken, sonst funktionierte das Würgen nicht mehr. Wenn die Katze bemerkte, dass ich mich erbrach, verkroch sie sich unter der Wohnzimmercouch, als wollte sie nichts damit zu tun haben, als trüge sie eine geheime Mitschuld. Nachdem sich die Schritte von meiner Wohnungstür entfernt hatten, entspannte ich mich und entleerte meinen Magen vollständig. Die Polizei wäre vehementer aufgetreten, die Beamten hätten wahrscheinlich die Tür aufgebrochen, wenn sie einen Verdacht gegen mich hegten. Unter dem Vorwand *Gefahr im Verzug* dürfen sie sich ja alles erlauben. Nachdem ich mir den Mund ausgespült und das Gesicht mit kaltem Wasser abgewaschen hatte, öffnete ich die Tür und sah nach, ob etwas hinterlegt worden war. Es war weder eine private Notiz noch eine offizielle Benachrichtigung angebracht worden, nichts deutete auf eine Amtshandlung hin. Im Radio und im Fernsehen war keine Meldung über einen Diebstahl in der Hofburg gebracht worden. Auch in den Internetausgaben der Tageszeitungen war nichts zu finden. Die Entenpresse als Suchbegriff einzugeben, hatte ich nicht gewagt, aus Angst, eine Spur zu hinterlassen. Schon einen oder mehrere Artikel darüber anzuklicken, hätte ein Risiko bedeutet. Und in ein Internetcafé zu gehen, dazu hatte ich keine Lust. War es möglich, dass es niemandem aufgefallen war? Ob drei oder vier Stück in der Vitrine standen, wer würde sich so genau erinnern, zumal nur noch drei Schildchen vorhanden waren. Drei oder vier, ich weiß nicht mehr, ich hab sie nie gezählt, mehr als zwei jedenfalls, das ist alles, was ich dazu sagen kann. Das vierte Schildchen zu entfernen, war ein genialer Einfall gewesen, das musste man der Hohenembs lassen. Es gab wohl Inventarlisten. Aber die würden sicher nicht täglich überprüft, wahrscheinlich nie, falls sie überhaupt auffindbar wären. Vielleicht war so eine Geflügelpresse nicht spektakulär genug für die Nachrichten, es handelte sich schließlich nur um ein über hundert Jahre altes Küchengerät und nicht um einen Kunstgegenstand. Dennoch, es war eine Kuriosität. Oder man gab den Diebstahl nicht bekannt, um die Täter in Sicherheit zu wiegen? Hausierer, Fernsehkontrolleure oder die Zeugen Jehovas – ich durfte mich nicht verrückt machen lassen. Wie lange konnte ich mich in der Wohnung verschanzen? Mir gingen allmählich die Lebensmittel aus, und oben polterte es wieder bedenklich. Dunkle Basstöne dröhnten diesmal durch die Wände und zerrten an den Türen, als würde über mir ein Tanzcafé betrieben. Auf meinem Weg zur Toilette bemerkte ich einen weißen zusammengefalteten Zettel, den jemand unter der Eingangstür durchgeschoben hatte. Ich erinnerte mich an die anonymen oder falsch signierten Briefchen, die man mir in der Unterstufe während der Schulstunden unter der Bank zuschob oder die ich in den Manteltaschen und in meiner Schultasche fand. Mit heißem Kopf und voller Scham las ich die Kassiber in einer versperrten Kabine der Schultoilette und verwahrte sie zu Hause in einer zerkratzten Bencoplastikflasche mit ausgebleichter Banderole. Darauf wurde in einem dreiteiligen Comicstrip der kräftigende Effekt von Benco dargestellt, ähnlich der Wirkung, die Dosenspinat auf Popeye, the sailor, hat. Immer wieder wühlte ich in der Plastikflasche, als ob ich ein Los zöge, und holte ein Briefchen heraus, versuchte, die ungelenk verstellte Schrift zu erkennen und dadurch den wahren Verfasser herauszufinden. Manche Wörter verstand ich nicht und schlug sie nach, fand sie aber in keinem Wörterbuch oder Lexikon oder sie erklärten mir nichts, wenn ich sie doch fand (zum Beispiel der Ausdruck *tupfen*), weil gerade die eine Bedeutung, die für die Dechiffrierung notwendig gewesen wäre, nicht angegeben war und ich aus den Definitionen nichts schließen konnte. Ich ahnte nur, dass sie etwas bezeichneten, was mir verschlossen war, mich aber anzog wie nichts sonst in diesem Alter. Stunden verbrachte ich mit diesen abgegriffenen Briefchen und fühlte mich nach dieser Beschäftigung frisch und belebt, als hätte ich ein Glas Milch mit Kakaogranulat oder eine Dose Spinat zu mir genommen. Die Enttäuschung war groß, wenn ich einmal ohne rätselhafte Botschaft und ohne heißes Gesicht nach Hause musste. Mein erster Impuls war, den Zettel hinauszuschieben. Dann ignorierte ich ihn zwei Klogänge lang, schließlich siegte die Neugierde. Hätte ich ihn doch gleich weggespült! Dieses Papier enthielt keine geheimnisvolle erotische Botschaft, für die sich eine Entschlüsselung gelohnt hätte, und belebt fühlte ich mich dadurch keineswegs, im Gegenteil, äußerste Niedergeschlagenheit war das Ergebnis. *Erwarte baldigst Anruf unter 55 56 600, Ihre Hohenembs.* Dass es bei diesem so frech eingeforderten Gespräch um die Entenpresse gehen würde, war vorauszusehen. Natürlich, ich hätte mir denken können, dass Ida vor meiner Tür herumgeschlichen war und mich auf unverantwortlichste Weise in Gefahr gebracht hatte. Ich dachte nicht daran anzurufen. Andererseits ließ die Hohenembs wahrscheinlich nicht locker und würde Ida vor meiner Tür kampieren lassen, bis sie mich gesprochen hatte. Vorsichtig drehte ich an einer Jalousie und sah durch die waagrecht stehenden Lamellen zum Park hinüber, ich konnte nichts Verdächtiges erkennen. Nur dass die Jalousien dringend geputzt gehörten. Eine junge Frau saß auf einer Bank, mit mehreren Einkaufstaschen aus dem Supermarkt. Sie sah mit abwesendem Blick zu meinen Fenstern. Sie schien über etwas nachzudenken oder starrte einfach, wie man so schön sagte, *ins Narrenkastl.* Ich hatte die unangenehme Empfindung, dass sie mir ähnlich sah, obwohl sie zu weit entfernt saß, als dass ich ihre Gesichtszüge hätte erkennen können. Etwas war in ihrer Sitzhaltung, was mich irritierte, so hätte ich selbst auf dieser Bank sitzen können. Sonst machten sich drüben die üblichen Mütter mit ihren üblichen Kindern und die üblichen Obdachlosen mit ihren üblichen Weinflaschen breit. Ida war nicht zu sehen.

*

Der erste Anblick des neuen Denkmals im Wiener Volksgarten war ein Schock. Nun hatten die Wiener endlich erreicht, was sie immer wollten, nämlich dass meine stolze Möwe in der Stadt festgenagelt war und ruhig sitzend der Dinge harren musste. Ihren Reisen mit der Eisenbahn und dem Schiff haben sie dieses ihr völlig widersprechende steinerne Mal entgegengesetzt. Als ob sich die Verantwortlichen jahrelang Gedanken darüber gemacht hätten, wie sie meine arme Blume am meisten genieren können. Sie hätten ihr wenigstens ein Pferd zum Aufsitzen meißeln können, das wäre ein akzeptabler Kompromiss gewesen. Dass sie in ihrer Umgebung keine Stühle placieren ließ, muss ihnen das größte Ärgernis gewesen sein. Stundenlanges Herumsitzen, wie es die Wiener so lieben, im Kaffeehaus, in den Weingärten oder in den Fensterbänken, um Straße und Leute zu beobachten, war ihre Sache nicht. Die drei Stunden in der Früh, die sie durch die langwierige Haarprozedur an einen Stuhl gefesselt war, reichten ihr für den Tag. Zudem ist diese Skulptur ein Abklatsch des Maria-Theresien-Denkmals. Aber die alte Landesmutter vollführt in der matronenhaften Sitzhaltung immerhin eine Bewegung und zeigt in ihrer ganzen Figur eine hohe Spannkraft, während meine édes lelkem eingeschüchtert dasitzt, die Hände im Schoß, mit einem Buch neben ihren Knien, ganz und gar untätig, beinahe in sich zusammengekauert, die Haare ein grober Wust auf dem Kopf – die arme Feifalik, Steckbrieffrisur ist das keine! –, das Kleid ein Unding, und mit den langweiligsten Gesichtszügen, die sich denken lassen – meine taufrische Blume, das hat sie sich nicht verdient.

*

Ida trug einen blauen City-Rucksack bei sich, den sie am Sockel des Kaiserin-Elisabeth-Denkmals im Volksgarten abstellte. Sie hatte mir drei weitere Zettel unter die Tür geschoben, mit jeweils derselben Botschaft und derselben Telefonnummer, die ich alle zerriss und in die Toilette warf. Dann hatte ich draußen kratzende Geräusche gehört, ein Schleifen und Schieben, ein Knarren, dann ein Seufzen, schließlich ein Fächeln, wie wenn jemand gelangweilt in einer Zeitschrift blättert. Ich hielt mein Ohr an die Tür, lauschte dem Blättern, dazwischen raschelte es. Nach einer Weile öffnete ich, und da lag Ida auf einem Klappliegebett, neben sich eine offene Tasche, aus der eine Thermoskanne und in Folie eingewickelte Semmeln ragten. Es roch nach Schnitzeln. Ihre Beine hatte sie in ein Plaid gewickelt, auf ihrem Bauch lag eine angebrochene Tafel Schokolade. Sie teilte mir mit, dass sie den Auftrag habe, so lange hier auszuharren, bis ich Frau Hohenembs angerufen hätte. Ich schloss die Tür mit einem Knall. Sollte sie doch hier liegen, bis sie schwarz wurde. Es ließ mir jedoch keine Ruhe, Idas Anwesenheit vor meiner Wohnung machte mich nervös, und wer weiß, was sich die Nachbarn zusammenreimten und ob nicht jemand die Polizei holte. Jedenfalls erregte sie ungebührliches Aufsehen. Erbittert ging ich in der Wohnung auf und ab. Schließlich war ich mürbe geworden und hatte die Hohenembs angerufen. Nach zweimaligem Klingeln war sie am Apparat. Das Gespräch war so kurz wie unerfreulich, im Hintergrund hörte ich den Hund weinen, oder waren es die Papageien? Ich war nervös, und wenn ich nervös oder aufgeregt bin, bin ich beinahe unfähig zu kommunizieren. Wenn alles gut läuft, spreche ich mit angenehmer Stimme wie eine gelernte Radiomoderatorin, wenn nicht, stottere ich herum, als ob ich meine Muttersprache nicht beherrschte. Auf der

Uni wurde ich einmal sogar gefragt, ob ich Ausländerin sei, weil ich mich nicht rasch genug und mit den für die Situation erforderlichen Worten ausdrückte. Ich verlangte stockend von der Hohenembs, mich nicht mehr zu kontaktieren, und sie erwiderte in ihrem wohlklingenden Hofratsgattinnendeutsch, das leicht ins Bayrische spielte, sie wolle mich nur hin und wieder zu einem Spaziergang oder Museumsbesuch einladen, das seien kleine, bewältigbare Aufgaben, dass ich ihr ganz angehören würde, brauchte ich nicht zu fürchten, davon sei überhaupt keine Rede. Lehnte ich das ab, werde sie die zuständigen Behörden informieren. Der Ausdruck *ihr ganz angehören*, auch wenn ich das gerade nicht sollte, schockierte mich. Auf diese Idee wäre ich nie gekommen, aus ihrem Mund klang es ganz selbstverständlich und ließ das Schlimmste befürchten. Auf meine Entgegnung, dass ich ebenso die Polizei verständigen könne, meinte sie nur lapidar, dass sie, im Gegensatz zu mir, wüsste, was zu tun sei. Vor allem hier in Österreich würden sie und Ida kaum belangt werden. Sie glaube nicht, dass ich das von mir behaupten könne. Weiters könne sie sich nicht vorstellen, dass ich eine Gefängnisstrafe ihrer zeitweiligen Gesellschaft vorziehen würde. Das wäre nun doch zu grotesk von Ihnen, unberufen. Sie brachte das in einem derart ruhigen Tonfall vor, dass ich den Hörer hinwarf und aus dem Zimmer lief und aus der Wohnung gelaufen wäre und am liebsten aus der ganzen Welt, hätte nicht Sekunden später erneut das Telefon geläutet. Ich lief ins Zimmer zurück, riss den Hörer vom Apparat und vernahm die Stimme der Hohenembs. Unberufen, es soll Ihr Schaden nicht sein, ich habe da ein lukratives Angebot für Sie. Sie legte auf. Draußen läutete ein Handy. Ich hörte ein letztes Rascheln, Quietschen und Schleifen und ein von Ida gerufenes, Auf Wiedersehen!

Ida hatte offensichtlich den Auftrag erhalten, ihr Lager abzubrechen.

Die Hohenembs ging zweimal um die stufenförmige Anlage herum, betrachtete die beiden steinernen Hunde, die links und rechts zu Füßen der Statue der Kaiserin Elisabeth lagen, und schüttelte den Kopf. Die Hunde sind viel zu klein und das Kleid, falls man das überhaupt Kleid nennen kann, ist unmöglich, rief sie uns zu. Unberufen, so große Hunde, wie ich sie mir wünsche, existieren gar nicht. Das Kleid der österreichischen Kaiserin, die sich in ihrer Zeit mit aufwändigen Prozeduren, denen sie Körper und Haare unterzog, den Ruf einer Schönheitsikone erworben hatte, war tatsächlich enttäuschend, es war ein einfaches loses Gewand, in der Taille mit einer Art Schärpe zusammengehalten, beinahe wie eine Tunika, ohne jede Verzierung, ohne Muster, es hätte auch ein Leintuch mit Ärmeln sein können. Wir standen etwas abseits, Ida pflückte ein paar Blumen von den Beeten und sang *Weiße Rosen aus Korfu* vor sich hin. Es waren weder Einheimische noch Touristen zu sehen, das Denkmal befand sich am Rande des Volksgartens, wahrscheinlich war es in den Reiseführern nicht vermerkt. Eine narkotisierende Hitze lag über dem kleinen Areal, das wie aus der Zeit gehoben schien, ein unbestimmtes Sirren war in der Luft, von Grillen oder Bienen oder Kolibris, und wie aus weiter Ferne hörte ich die Stimme der Hohenembs: Gib die Zünder her, lass mich das machen. Das kratzende Geräusch eines aufreißenden Klettverschlusses und dann der Knall der Explosion. In der nächsten Sekunde lag das Denkmal in Staub und Trümmern. Ida stand neben mir und zog mich am Arm, wir liefen hinaus auf die Ringstraße und erwischten im letzten Moment eine Straßenbahn. Ein Fahrgast, der gesehen hatte, wie wir Richtung Haltestelle liefen, war so freundlich gewesen, für uns von innen den Türknopf zu drücken.

*

Hätte Lucheni gewusst, wie willkommen ihr der Tod war, vielleicht hätte er sie gar nicht als Opfer ausgewählt. Sie entsprach zudem nicht seinem Monarchenfeindbild, aber auch das konnte er nicht wissen. Es war immer schon ihre Überzeugung gewesen, dass wir uns überholt hätten, dass wir nicht mehr in diese Welt passten, nur noch eine Frage der Zeit, bis die Menschen uns endgültig mit nassen Fetzen davonjagen würden. Mit solchen, die sie sich abends um die Hüften wickeln ließ, getränkt mit kaltem Essig, weil das angeblich die Oberschenkel straffte. Anfangs bemerkte sie gar nicht, dass sie tödlich verwundet war. Sie dachte, der Mann hätte sie einfach niedergestoßen, weil sie ihm im Weg stand, obwohl eigentlich er auf die beiden zugestürmt war, auf die Sztáray und sie. Sie gingen sogar noch auf das Schiff. Erst dort fühlte sie, dass etwas nicht in Ordnung war, ganz und gar nicht in Ordnung.

*

Drei Tage waren seit dem Anschlag auf das Denkmal vergangen, und immer noch kein Lebenszeichen von Ida. Das machte mich nervös, sowenig ich sie auch vermisste. Kontaktaufnahmen von Ida bedeuteten Unannehmlichkeiten, keine Kontaktaufnahme bedeuteten Unsicherheit und Warten. Diesmal waren die Internetseiten voll von Berichten, ängstlich und bucklig dasitzend scrollte ich mich durch die Nachrichten, als ob ich mit dieser Haltung meine Spuren im Netz verschleiern könnte. *Verrückter sprengt Kaiserin-Sisi-Denkmal in die Luft, Wieder feiges Attentat auf unsere Sisi, Sprengfalle im Volksgarten*, so lauteten die Schlagzeilen. Ich beruhigte mich mit dem Gedanken, dass mein Interesse für diese Artikel nicht besonders verdächtig sein konnte, sie waren Aufmacher der Chronikseiten, und die meisten Wiener lasen sie wahrscheinlich. Verschiedenste Mutmaßungen über den Anschlag wurden angestellt. Uns hatte offensichtlich niemand beobachtet, obwohl wir uns so auffällig verhalten hatten. Die beiden alten Frauen in ihren unmodernen schwarzen Kleidern mussten ja durch mich, die ich *normal* angezogen war, noch stärker aufgefallen sein. Ein männlicher Einzeltäter, möglicherweise ein Feind der untergegangenen Monarchie und Frauenhasser, sexuell frustriert, diese Ansicht wurde in den meisten Tageszeitungen vertreten. Oder im Gegenteil, ein Anhänger der Monarchie, der in Sisi ein anarchistisches Element sah, das den Niedergang Altösterreichs beschleunigt hatte. Nur wenige zogen Parallelen zu Luigi Lucheni, dem Mann, der die historische Sisi mit einer zugespitzten Feile in Genf niedergestochen hatte. Er begnügte sich, in Ermangelung des Prinzen von Orléans, den er eigentlich umbringen hatte wollen (der Prinz seinerseits bereits Ersatzmann von Luchenis favorisiertem Opfer, König Umberto von Italien, für dessen Ermordung aber das Geld für die Fahrkarte nach Italien gefehlt hatte), mit Sisi, weil sie an diesem Tag zufällig in seiner Nähe gewesen war und immerhin eine Kaiserin. Auch das Sprengstoffattentat sei wahrscheinlich eine Art Stellvertreter-Mord gewesen, eine Verwechslung, ein Unfall, oder, auch das schien möglich, eine Übung für den Anschlag auf eine lebende Person. Charlotte würde nie auf die Idee kommen, dass ich damit zu tun hatte. Später würden wir darüber scherzen, würde ich ihr bei einem Glas Wein erzählen, wie ich unfreiwillig zur Mittäterin an diesem Verbrechen geworden war. Bis dahin vertrieb ich mir die Zeit mit der Eliminierung von Lebensmitteln, wobei *vertreiben* eigentlich der falsche Ausdruck ist. Seit ich wieder angefangen hatte, verging die Zeit so rasch, als ob im Nebenzimmer einer sitzen würde, der mir die Stunden wegfraß. In Wirklichkeit war ich es selbst, ich fraß meine Stunden, ich verschlang sie in Windeseile. Ich vernichtete meine letzten Ersparnisse in kürzester Zeit, mein Vater hatte früher immer gesagt, ich solle doch das Geld, das ich für Lebensmittel ausgab, oder die Lebensmittel, ohne Umweg über meinen Körper, gleich in die Toilette werfen, das sei für meinen Organismus gesünder und es würde mir die Absurdität meiner Handlung zeigen. Ich hätte seinen Rat befolgen sollen. Die lähmende Leere, die den ehemaligen Junkie manchmal befällt, und das Gefühl, dass ein Teil des Ich mit der Abtötung der Sucht ebenfalls abgestorben ist, waren weit weg, ich war so lebendig wie schon lange nicht mehr und hatte ständig etwas zu tun. Nur einmal war ich mit meinem karierten Trolleywagen draußen gewesen, um Zeitungen und ungesunde Lebensmittel zu besorgen, ich hatte geschwelgt in so vielen neuen Produkten, die es vor 20 Jahren nicht gegeben hatte, vor allem nicht in XXL-Familienpackungen. Beim Essen war ich meine eigene Familie. Endlich konnte ich der Anziehung nachgeben, die so viele Lebensmittel seit Jahren auf mich ausübten, aber immer tabu gewesen waren, weil zu industriell (Fertigprodukte für die Mikrowelle), zu fett (Blätterteiggebäck mit Käse, Schokoladesauce, Kartoffelchips), zu süß und zu weich (Hefezöpfe, überdimensionale Schaumrollen, Apfelstrudel). Ich lud den Wagen mit Delikatessen voll. Es war mir egal, was es kostete, solange der Bankomat noch etwas ausspuckte. Es musste sein. Noch nie in meinem Leben hatte ich solch einen monströsen Einkauf getätigt. Ich fragte mich, ob man mir den wahren Zweck des Einkaufs ansah, herausfordernd und auf Abwehr eingestellt, beobachtete ich die anderen Kunden. Sie waren alle so mit sich beschäftigt, dass ihnen nicht einmal aufgefallen wäre, wenn ich meinen Einkaufswagen mit blutendem Fleisch angefüllt hätte. An der Kassa ereignete sich dann ein unangenehmer Vorfall: Ein Supermarktdetektiv in beigem Trenchcoat forderte mich auf, meine Handtasche zu öffnen. Er erinnerte mich an *Ich, Anonym* aus der Werbung einer Supermarktkette, obwohl jener immer nur als schwarzer Schatten aufgetreten war. Da ich mir keiner Schuld bewusst war, dachte ich, es handle sich um eine Stichprobenkontrolle und machte arglos die Tasche auf. Da lagen drei glänzende Kaviardosen zu je 250 Gramm darin. Ich fing an zu stottern, Ähm, k-kei-keine Ahnung, wie der Kaviar in meine Tasche gekommen ist, ich esse nie Kaviar, ich kann Kaviar nicht ausstehen (ich hasse das Platzen der Kaviarkugeln im Mund und den aufdringlich fischigen und versalzenen Geschmack). Jemand muss ihn mir in die Tasche geschmuggelt haben. Ich zeigte auf den Inhalt meines Einkaufswagens, ich hatte so viel gekauft, da würde ich doch nicht wegen drei Konservendosen (auch wenn es die teuersten waren) so ein Risiko eingehen. Die Frau, die hinter mir wartete, kam mir zu Hilfe, sie hatte gesehen, wie sich eine untersetzte Alte, die ein Kopftuch auf Bäurinnenart trug, an meiner Handtasche zu schaffen gemacht hatte, während ich lange vor dem Regal mit den Backwaren gestanden war. Ich blickte sie erstaunt an, Warum haben Sie denn nichts gesagt?, fragte ich. Sie wurde rot und zuckte mit den Schultern. Ich wollte mich nicht einmischen, murmelte sie. Die Alte sah so heruntergekommen aus, ich dachte, sie wolle ein bisschen Geld nehmen, um sich etwas zu essen zu kaufen. Ich war sprachlos. Schließlich rettete mich die Kassierin, Die Dame kommt seit Jahren hierher, warum soll sie auf einmal zu stehlen beginnen? Ich nahm die Dosen aus meiner Tasche und gab sie dem Detektiv. Er betrachtete sie lange, drehte sie zwischen seinen Fingern hin und her und tat so, als ob er den kyrillischen Aufdruck lesen würde. Mögen Sie wirklich keinen Kaviar, fragte er, Sie hätten ihn auch jemandem schenken können. Ich schüttelte den Kopf. Und warum sollte Ihnen jemand heimlich Kaviar in die Tasche stecken? Wollte Ihnen jemand einen Streich spielen? Ich zuckte mit der Schulter. Ich war erschöpft. Ich wollte endlich allein mit meinem Essen sein. Schließlich ließ er mich gehen, vielleicht hatte er keine Lust, Anzeige zu erstatten, ich fragte nicht lange und verließ das Geschäft. In diesem Supermarkt war ich das letzte Mal gewesen.

*

Sie wunderte sich, dass die Menschen ihr zujubelten, wenn sie sich in der Öffentlichkeit zeigte. Wie sie sie im Prater angafften und ihr zuriefen, wenn sie dort ihre halsbrecherischen Reitübungen absolvierte. Dankbar für einen flüchtigen Anblick. Sie haben ihr immer vorgeworfen, sie kümmere sich um nichts, würde sich nicht für die Regierungsgeschäfte interessieren. Ihr Engagement für meine Heimat haben sie ihr übel genommen, danach war ihre Energie erschöpft. Was hätte sie auch machen sollen. Ihr Sohn wusste, dass die Zeit der Monarchie vorbei war. Und dass sie nicht unblutig zu Ende gehen würde. Seine Abschiedsbriefe an seine Schwester und sie waren deutlich. Es hat nur etwas länger gedauert, als er gedacht hatte. Und seine Tochter heiratete in zweiter Ehe einen Sozialisten! Das hätte diesem blassen belgischen Kind niemand zugetraut, dass es einen solchen Skandal in die Familie bringen könnte. Szeretett angyalom, was haben sie dir schon das Leben schwer gemacht, als dein Bruder die Schauspielerin heiratete. Und dann das. Ihre Enkelin!

*

Ich eignete mir ein neues Kotzsystem an und aß nach Farben: Ich begann mit chemischen Süßigkeiten wie knallgrünen Gummifröschen oder pinkfarbenen Schaumstoffspecken oder bordeauxfarbenen so genannten Schnüren und Schlangen. Diese Stoffe vermischten sich nicht so schnell mit dem darauf folgenden Nahrungsbrei. So war das Erbrechen kontrollierbar, und ich kotzte so lange, bis ich zu dieser zähen und grellen Masse vorgedrungen war und sicher sein konnte, alles herausgeholt zu haben. Schokolade, Eiscreme oder Torten und Kuchen aß ich immer am Schluss, damit ich diese Dinge gleich zu Beginn erbrechen würde. So hatte ich die Garantie, sie vollständig aus meinem Körper zu entfernen. Das war der Idealfall, der natürlich nur möglich ist, wenn man genug Zeit hat. In den *Ruhephasen*, also den kurzen Zeitspannen, in denen ich weder aß noch kotzte, suchte ich im Internet nach Neuigkeiten über den Sprengstoff-Anschlag – die Analyse der zerfetzten Überreste von Idas Rucksack hatte nichts erbracht, außer dass es sich um einen Rucksack der Marke Eastpak gehandelt hatte, die allein in Wien wahrscheinlich von hunderttausend Menschen verwendet wurde –, oder ich lag auf dem Sofa, ließ mich vom Fernseher betäuben oder blätterte die Zeitungen durch und trank literweise Jasmintee, um nicht vollständig zu dehydrieren. Ich bildete mir dabei ein, meinen Körper zu entgiften.

Ich rechnete meinen Bodymassindex aus und prüfte mit einem Schneiderband meine Maße. Nur an den Hüften erreichte ich den geforderten Richtwert von 90 Zentimetern. Der Taillenumfang war immer noch zu breit, weit entfernt von 60, über 70! Der Brustumfang war ein paar Zentimeter über 90, er hätte, wenn es nach mir ginge, kleiner sein können, aber das war nicht so wichtig. Nur die Taille zählte. Die Waage hatte ich neben den Kühlschrank gestellt, sie war jetzt wieder mein einziger Anhaltspunkt in der Welt. Zwei Kilo hatte ich schon abgenommen! Ich fühlte mich frisch und leicht wie schon lange nicht mehr. Die Taille würde ich schon schmäler bekommen! Leider wurde die Technik des Schnürens nicht mehr praktiziert. Wenn ich in Kleider eingenäht werden könnte, hätte ich bald die ideale Taille. Das wäre effektiver, als zu enge Kleidung zu tragen, wie Karl Lagerfeld, der auf diese Weise sein Gewicht hielt. Ich stand in diesen drei Tagen so oft auf der Waage wie in all den Jahren zuvor nicht. Oft sprang ich während der Zeitungslektüre oder während einer Diätproduktwerbung auf, stellte mich auf die Waage, um mir selbst nachzuweisen, dass ich mich seit dem letzten Wiegen vor 15 Minuten um kein Gramm verändert hatte. Meistens war es so, es konnte aber vorkommen, dass ich plötzlich ein halbes oder gar ein ganzes Kilogramm mehr hatte, was mich veranlasste, das Gewicht noch dreimal hintereinander zu kontrollieren. Ich erklärte mir die Gewichtszunahme mit der ungeheuren Teemenge, die ich in mich hineingoss, obwohl ich entsprechend oft urinieren musste. Irgendetwas ging sich da nicht aus. Ich stellte mich vor dem Spiegel auf, um meinen nackten Bauch zu kontrollieren. Ich weinte. Er war zu groß. Immer ist er zu groß, und wenn man noch so dünn ist, nie ist er flach, immer nach vorne gewölbt, aufgebläht, beim Sitzen Rollen werfend.

Über den Unterhosenbund hängend. Am Abend auf das Doppelte angeschwollen, außer man hat den ganzen Tag gefastet, der Oberbauch ist dann akzeptabel, der Unterbauch immer noch zu groß. Ein Blick in den Spiegel: Der Bauch ist immer noch da. Auch wenn ich mir sage, Mein Bauch ist ganz normal, kein Waschbrettbauch, ein Bauch eben, der meterlanges Darmgeschlinge unterbringen muss – der Hass gegen ihn ist elementar. Er ist immer schuld, zwei, drei Kilo mehr, natürlich am Bauch. Er ist der Sitz der Gefräßigkeit, hat immer Hunger, will immer was haben. Er muss immer eingezogen werden. Er macht das Gehirn zum Sklaven, zwingt es, immer an Essen zu denken, an Kochen, an Einkaufen, möglichst fettes Zeug. Butter Butter Butter will er. Schlagobers. Flaumige süße Germteige. Fette Käse, gehaltvolle Soßen. Ein Fass ohne Boden. Ich war zu nervös, um mich ruhig zu halten, einzig während des Verschlingprozesses war es mir möglich sitzen zu bleiben. Ich nutzte meine Rastlosigkeit, um aufzuräumen. Ich hatte in der Küche und im Wohnzimmer gegessen, nur das Schlafzimmer war noch frei von leeren Verpackungen und Flaschen, ich hatte es in diesen Tagen nicht betreten, geschlafen hatte ich auf dem Sofa. Ich schlief bei laufendem Fernseher ein, den ich mir aus dem Keller geholt hatte. Meine Fernsehsucht war wieder aufgeflammt. Wenn man während des Essens fernsah, konnte man sich einbilden, etwas Wichtigeres zu tun als zu essen. Andrerseits ist das Fernsehen so öde, dass man es nur mit Essen erträgt. Der Trost von früher, durch das Fernsehen an die Welt angeschlossen und ein Teil von ihr zu sein, funktionierte schon lange nicht mehr. Zu viele Sender gab es inzwischen, zu beliebig war alles. Zwei- oder dreimal hatten sie einen Beitrag über den Anschlag gebracht, die Ruine des Denkmals war zu sehen gewesen – nur der Sockel war ganz geblieben. Eine alte Frau sprach zornig in ein Plüschmikrofon: Ob es denn nicht genug sei, dass die arme Sisi so grausam ermordet worden war, diese hohe Dame hätte niemandem etwas getan und wahrlich genug gelitten, musste man nun auch noch ihr Denkmal schänden, sie schäme sich für Österreich, in Deutschland wäre das nicht möglich gewesen, dort wisse man, wie man mit solchen Leuten umgehe. Wahrscheinlich seien es wieder die Italiener gewesen, dagegen sei man ja machtlos, die EU lasse ja jeden einreisen, obwohl man wisse, wie sehr die Italiener uns hassten. In Zeiten der Monarchie hätten sie sogar zum Rauch-Boykott aufgerufen, um dem Österreichischen Tabakmonopol zu schaden, das sage ja wohl alles, wenn schon einmal die Italiener auf das Rauchen verzichten. Das Mikrofon wurde ihr aus der Hand gewunden, dann folgte ein Schnitt, und von einem als Kasperl verkleideten Mann wurde das Wetter angesagt. Der Kasperl hatte offenbar den Auftrag, die Zuseher zu verwirren, so dass einem am Ende der Kopf schwirrte vor auftretenden Regengüssen und durchbrechenden Sonnenstrahlen sowie Höchst- und Tiefstwerten und man keine Ahnung hatte, wie das Wetter tatsächlich werden würde und was man anziehen musste, sollte man sich entschließen oder gezwungen sein, die Wohnung zu verlassen. Ich jedenfalls hatte nicht vor, die Wohnung zu verlassen.

*

In den 80er Jahren des letzten Jahrhunderts hat die Schweizer Regierung den in Formaldehyd eingelegten Kopf von Luigi Lucheni an das pathologisch-anatomische Museum in Wien, den Narrenturm, übergeben, mit der Auflage, ihn nicht öffentlich auszustellen, um die Sensationsgier der Bevölkerung nicht zu nähren. Die Schweizer wollten alle Erinnerungen an den Attentäter loswerden. Warum sie den Kopf nicht mit dem restlichen Körper bestattet, ja warum sie ihn überhaupt abgeschnitten haben, weiß man nicht. Vielleicht wollten sie aus dem Kopf irgendetwas herauspressen, ein ungelüftetes Geheimnis, das alles erklärte, etwas, das nicht in seinen hinterlassenen Schriften zu finden war. Da die Wiener dann mit dem Kopf nichts Rechtes anzufangen wussten, aus ihm nichts mehr herauszubringen war und sie ihn nicht einmal ausstellen durften, so wie in früheren Zeiten die Stopfpräparate, die man von den Mohren, die in Wien gestorben waren, anfertigte, wollten sie ihn vor einigen Jahren verbrennen und am Wiener Zentralfriedhof begraben. Immer wieder sprach sie von dem Kopf. Sie war besessen davon. Sie hat Lucheni in dem Moment, als er auf sie zusprang, kaum sehen können und danach war er gleich verschwunden. Manchmal kommt mir der Gedanke, dass sie ihm absichtlich ins Mordwerkzeug gerannt ist, sie hat nichts getan, sich zu schützen. Wer kann das schon sagen. Schon gar nicht die arme Gräfin Sztáray, die sich dazwischenwerfen wollte. Seinem Gesicht in einem Glasbehältnis gegenüberzustehen, das würde ihr gefallen, sagte sie oft, mein stolzer grausamer kedvesem, vielleicht könne sie mit ihm Kontakt aufnehmen.

*

Wir holen Sie morgen um zehn Uhr ab. Wir gehen zum Narrenturm. Ida legte auf, ich kam nicht mehr dazu, ja oder nein zu sagen. Ich schleppte mich zurück in die Toilette, um weiter zu kotzen, bis ich mich vollständig entleert fühlte. Es war sieben Uhr abends, den ganzen Tag über war ich zwischen Sofa und Kloschüssel hin und her gewechselt, seit einer Woche befand ich mich in diesem Kreislauf, von keinerlei anderer Tätigkeit unterbrochen, nur einkaufen war ich zweimal gewesen. Zittrig und mit starkem Herzklopfen legte ich mich auf das Sofa, starrte in den Fernseher, ohne wahrzunehmen, was vor sich ging. Tränen liefen mir über die Wangen, so sehr hatte ich mich beim letzten Mal angestrengt, nicht einmal mehr auf die Waage stellte ich mich noch. Ich stöhnte laut vor mich hin. Mein Magen fühlte sich an, als ob ein Vakuum in ihm herrschte. Ich stellte ihn mir vor wie ein zusammengepresstes Plastiksäckchen. Ich war froh über diesen *Termin,* und es war mir gleichgültig, was morgen geschehen würde, ob wir den Narrenturm niederrissen oder ausplünderten. Wenn ich nur aus der Wohnung hinauskam, die ich in eine Müllkippe verwandelt hatte. Dabei fiel mir ein, dass die Sammlung des pathologischen Museums im Turm für die Öffentlichkeit nur an zwei Tagen der Woche zugänglich war und morgen geschlossen sein würde. Das wusste ich noch von Charlotte, die dort vor Jahren als Aufseherin gearbeitet hatte. Die Sprengung eines so großen und stabilen Gebäudes verlangte sicher mehr Dynamit, als man in einem Rucksack transportieren konnte. Und was war mit den Leuten, die sich drinnen aufhielten? Es gab ja Angestellte, die die Präparate warteten, und Medizinstudenten, die sie abzeichneten. Charlotte hatte damals einen weißen Mantel getragen, wie Ida, wenn sie die Hohenembs bediente. Sie machte sich einen Spaß daraus, Bekannte, die sie im Museum besuchten, zu erschrecken. Sie versteckte sich hinter einer Tür und sprang plötzlich hervor oder sie klapperte vor dem riesigen, leicht fleckigen Seziertisch aus Marmor mit ihrem Schlüsselbund und zeigte mit einem Lächeln auf das abschüssige Loch in der Mitte, durch das die Körperflüssigkeiten der Leichen abfließen konnten. Wenn man sich angeekelt abwandte, erblickte man in der Nebenzelle einen zweiten Seziertisch, auf dem sich die Konturen eines Körpers unter einem weißen Tuch abzeichneten. Auf der einen Seite standen gelbliche Haare, auf der anderen gelbliche Füße hervor, und dahinter war eine Wand voll Schubladen, die keiner weiteren Erklärung bedurften. Das Gebäude mit seinem runden Grundriss und den kreisförmig angeordneten Zimmern (die früher Zellen waren, in denen man die Geisteskranken angekettet hatte) beherbergte in Gläsern konservierte Missbildungen von Kinderköpfen und Kinderkörpern, verwachsene Skelette, alte medizinische Instrumente – darunter eine Zahnarztpraxis aus der vorletzten Jahrhundertwende – und wächserne Moulagen, naturgetreue Nachbildungen von krankhaften oder missgebildeten Organen und Körperteilen. Ich wollte vom Sofa aufstehen, um einen Kamillentee zu kochen, aber meine Knie versagten. Ich verharrte eine Weile regungslos. Irgendwann kippte ich zur Seite und fiel in einen bleiernen Schlaf, der mehr einer Bewusstlosigkeit glich. Ich wachte erst am nächsten Morgen auf, es war sechs Uhr in der Früh, meine Glieder schmerzten wie verprügelt. Ich konnte kaum aus den Augen sehen und hatte Magen- und Kopfschmerzen und einen entsetzlichen Durst. Endlich kochte ich mir einen Kamillentee, stellte mich auf die Waage – ich hatte vier Kilo weniger als vor einer Woche. Inmitten des Chaos stand ich mit meiner Teetasse und sah mich um. Charlotte hätte keine Freude gehabt, sie war so ordentlich. Und Messies Unlimited hätte mir wohl keine Aufträge mehr erteilt. Der Boden war übersät mit leerem Verpackungsmaterial. Verkrustete Teller und Tassen standen auf allen Ablageflächen. Unter dem Tisch lagen Bücher über Hunderassen und Hundezeitschriften. Dazu der Hauch von Erbrochenem, der darüber schwebte. Ach Charlotte. Es war deutlicher als alles, was ich sagen konnte. Ich stellte mich unter die Dusche, ließ das Wasser so heiß werden, bis ich es gerade noch aushielt, und schwor mir, dass dies mein letzter Rückfall gewesen war. Du musst aufhören, sagte ich mir, dann verbesserte ich mich und sagte in die sprühenden Wasserstrahlen hinein, dass ich bereits aufgehört hatte, Das ist das allerletzte Mal! Eine Erinnerung an früher, also nicht einmal ein Rückfall, sondern eine schmerzhafte Feier, die verhindern sollte, dass ich jemals in die Sucht zurück musste. Wie auf ein krankes Pferd sprach ich auf mich ein und wiederholte es wieder und wieder und wieder, das verlogene und selbstbetrügerische Mantra: dass ich die Fressorgien mit Absicht veranstaltet hätte, um mir ganz sicher zu sein, dass ich nicht süchtig war. Vergessen der gehetzte Zwang, dem ich mich hingegeben, vergessen das automatisierte Essen, an das ich währenddessen keinen Gedanken verschwendet hatte. Vergessen, dass ich eine x-beliebige, banale Gelegenheit benützt hatte, die Abstinenz zu durchbrechen. Ein Gugelhupf war mir angeboten worden, und ich hatte nichts Besseres zu tun gehabt, als mich mit ihm vollzustopfen. Als hätte ich nur auf diese Begegnung gewartet, wie ein Schläfer, der jahrzehntelang ein unauffälliges Leben führt, bis er von seiner terroristischen Zelle aktiviert wird und eine U-Bahn-Garnitur in die Luft sprengt. Den Narrenturm würde ich noch mitmachen. Danach würde ich die Hohenembs bitten, mich gehen zu lassen. Ganz ruhig und mit einfachen Worten, ohne böse Miene oder beleidigende Anschuldigungen, ohne Vorwürfe, am besten mit vorgetäuschter Dankbarkeit. Ich würde ihr vorlügen, wie aufregend die Zeit mit ihr gewesen war, was für ein interessanter Mensch sie sei. Ich war davon überzeugt, dass sie mich gehen lassen würde, und fühlte mich stark genug für das Gespräch. Gerührt würde sie sein, ja bewegt von dem kindlichen Vertrauen, das ich ihr entgegenbrachte, davon, dass ich ihr nichts nachtrug und sie einer so großen Geste gegenüber einem Menschen, der ihr ausgeliefert war, fähig hielt. Das musste ihrer Eitelkeit schmeicheln. In meiner Euphorie hätte ich am liebsten Charlotte angerufen. Von all diesen Dingen durfte sie nie etwas erfahren. Ich war noch in der Unterwäsche, als es an der Tür läutete, es war neun Uhr. Ich hängte mir einen Bademantel um und öffnete die Tür einen Spalt. Ida drückte mit ihrem ganzen Gewicht gegen die Tür und drängte sich herein, hinter ihr die Hohenembs. Sie schob mit ihren behandschuhten Fingern meinen Bademantel auseinander, Sie haben ja abgenommen! Bravo. Ich errötete. Dass sie es bemerkt hatte! Dann wurde mir heiß im Gesicht, vor Wut. Wut auf mich. Solche Bemerkungen durften mich nicht mehr berühren. Sie könnten eine Putzfrau gebrauchen, sagte sie. Sie war schon bis ins Wohnzimmer vorgedrungen und sah sich um. Sie hatten Gäste? Ja, antwortete ich, wie Sie sehen. Ich bin noch nicht dazu gekommen, aufzuräumen. Sie ging im Zimmer auf und ab und betrachtete alles genau, wie ein Makler, der eine Wohnung einschätzt. Sie hob Kleidungsstücke und Zeitschriften auf, um zu sehen, ob etwas darunter lag, und kickte eine leere Schachtel unter das Sofa. Zeigen Sie mir die übrigen Räume. Auch Ida schien etwas zu suchen, sie wühlte zwischen den Schokoladepapieren am Tisch und fand tatsächlich eine Rippe mit Erdbeer-Sahne-Füllung, die ich übersehen hatte. Sie biss davon ab, ohne zu fragen, und grub weiter zwischen den Papieren und Folien. Haben Sie Milch, rief die Hohenembs aus der Küche, und während ich im Badezimmer meine Jeans anzog, hörte ich das schmatzende Geräusch der sich öffnenden Kühlschranktür.

Dann wurde die Kühlschranktür wieder zugeworfen. Ich hatte nie Milch.

*

Sie schenkte mir höchstes Vertrauen, indem sie mich beauftragte, im Tiroler Garten des Schönbrunner Schlossparkes eine Meierei einzurichten. Die Milch in Wien entsprach nicht ihren Anforderungen. Kühe verschiedener Rassen aus ganz Europa wurden hier eingestellt, auch Ziegen und Hühner. Meine Rose war immer auf der Suche nach der perfekten Milch, die ihrer Schönheit und Gesundheit am besten bekam. Mangelhafte Milch konnte ihr den ganzen Tag verderben. Oft brachte sie von ihren Reisen Tiere mit, deren Milch ihr besonders gemundet hatte. War sie ohne mich auf Reisen, musste ich ihr etwaige Kuhneuzugänge, die in ihrer Abwesenheit stattgefunden hatten, ganz genau beschreiben. Sie interessierte sich für die kleinsten Details. Ihren Briefen an den Kaiser waren nicht selten Anweisungen zur Behandlung der Kühe beigefügt, die er mir dann ausrichtete. Alle Kühe, die hier lebten und arbeiteten, waren peinlich sauber, geimpft und höchst milchfreudig. Jeden Morgen wurden frische Milch, Butter, Schlagobers und Kaffeeobers aus der Kammermeierei in die Hofküchen geliefert. Sie ließ Sauermilch und Joghurt herstellen. Der Kaiser und die Schratt, die Freundin, kosteten für sie die Milch neuer Tiere oder neue Milcherzeugnisse und mussten ihr berichten. Sie kam selbst häufig in die Meierei, um einen Becher Milch zu trinken, saß ohne Begleitung in der ungarisch eingerichteten Bauernstube auf rotgestrichenen Bauernmöbeln, das bunt geblümte Porzellan hatte ich aus Ungarn bringen lassen, und ließ sich vom Schweizer über alle Vorgänge unterrichten. Photos ungarischer Kühe und Zeichnungen von verschiedenen Rinderrassen zierten die Wände. Wenn sie Gäste empfing, musste der Hof-

konditor in ungarischer Tracht servieren. Diese Milch, diese Butter, solche Qualität gibt es heute gar nicht mehr, die Mitglieder der Kaiserfamilie und sogar die Freundin, die auch ihre tägliche Lieferung bekam, konnten gar nicht genug davon bekommen.

*

Auf dem Gelände des alten Krankenhauses, wo der Narrenturm stand, hatte sich nichts verändert. Ich war lange nicht mehr hier gewesen, die verwilderte hohe Wiese war nicht in einen glatten Rasen verwandelt worden. In der Monarchie hatte der Turm als Verwahrungsstätte für die Geisteskranken gedient. Therapie hatte es keine gegeben, manchmal schüttete man kaltes Wasser über die Insassen oder setzte sie auf Diät, das hieß, man ließ sie hungern, um sie ruhig zu stellen. Wobei ich mir das schwer vorstellen konnte. Man musste vor Hunger schon extrem geschwächt sein, um *ruhig* zu sein. Hunger macht eher nervös. Den *Patienten* wurden nichtsterile Haarseile, aus Pferde- oder Frauenhaar gedreht, durch die Nackenhaut gezogen, damit die Stelle eiterte und sie Fieber bekamen, was angeblich einen gewissen therapeutischen Effekt erzielte. Welchen, das hatte Charlotte nicht sagen können. Die schwierigsten, das heißt die pflege- und zeitintensivsten Fälle, waren ihr Leben lang angekettet, dafür gab es sogar eine eigene Schmiede. Später diente das Gebäude als Lager und Werkstätte, als Wohnheim für Ärzte und Krankenschwestern, und irgendwann in den Siebzigerjahren des letzten Jahrhunderts wurde es umgewandelt in das pathologisch-anatomische Museum mit seinen anrüchigen Exponaten. Auch die Schmiede hatte man als Schauraum erhalten. Angeblich war im Museum eine Zeit lang der Kopf des Anarchisten und Sisi-Mörders Lucheni untergebracht, bevor man sich, wahrscheinlich widerwillig, entschlossen hatte, ihn zu bestatten. Der Turm erinnerte mich weniger an einen Gugelhupf, wie er früher von der Bevölkerung bezeichnet wurde, als an eine überdimensionale Springform, in der bereits ein Kuchen aufgegangen war. Das Dach war leicht gewölbt, und die Kamine an seiner ringförmigen Innenseite sahen aus wie eine aufgeworfene Teigkruste. Ich bedauerte, dass der Turm zerstört werden sollte. Wir gehen gleich hinein, sagte die Hohenembs. Ida kaufte Tickets für den ersten Stock, der nur mit einer Führung zu besichtigen war, danach konnten wir im Erdgeschoss alleine die Schausammlung ansehen. Jetzt, da der Turm wider Erwarten geöffnet hatte, würden wir natürlich ein Exponat daraus entwenden, da war ich mir sicher. Idas Rucksack sah ziemlich voll aus, das konnte eine Tarnung sein, wahrscheinlich hatte sie eine Schachtel darin untergebracht, damit das Diebesgut besser geschützt war und sich nicht durch den Stoff abzeichnen konnte. Wir schlossen uns einer kleinen Gruppe im Hof an, die auf den Museumsguide wartete. Es gab keine Sicherheitsvorkehrungen, Ida konnte mit ihrem Rucksack ungehindert hinein. Der Guide trug einen offenen weißen Kittel, dessen Schöße hinter ihm herwehten. Er stellte sich als Mediziner im letzten Abschnitt vor. Er war groß und blond, mit einem weit wegstehenden Spitzbart am Kinn. Man merkte, dass er diesen Vortrag bereits unzählige Male gehalten haben musste. Zwischen Fakten und Anekdoten machte er überhaupt keinen Unterschied in der Intonation, er spulte alles im selben, leicht melancholischen Tonfall herunter. Das meiste davon war mir schon von Charlotte bekannt, die von allen spektakulären Präparaten die Geschichte kannte. Falls dieser Student jemals Vergnügen an seiner Arbeit empfunden hatte, war es damit lange vorbei. Von Charlotte wusste ich auch, dass sogar hier gestohlen wurde, und zwar alles: Nierensteine, Feuchtpräparate, Knochen und Knochenteile aller Größen, Blinddarmpräparate (von jungen Ärzten, die ihren Freunden stolz ihren *ersten* präsentieren konnten, selbst wenn sie gar keine Chirurgen waren), auch ein in Plastik eingegossener Fötus war entwendet worden. Tierschädel sowieso, am beliebtesten waren Affenschädel, umfunktioniert zu Aschenbechern. Charlotte hatte sich für den Schädel eines Sägefisches interessiert, inklusive Säge versteht sich, von diesen gab es Hunderte, es hatte sich aber nie eine Gelegenheit ergeben. Ich fragte mich, was die Hohenembs wollte. Vielleicht ein rachitisches Kinderskelett oder eine besonders scheußliche Moulage mit einer Syphilis-Deformation oder den Abguss eines männlichen Kopfes mit den knollenförmigen Spiegler-Tumoren, die sich wie eine exzentrische Haube um die gesamte Schädeldecke schmiegen. Der im Moment des Abgusses abgenommene Gesichtsausdruck war ernst, eine Spur von Bitterkeit um die Mundwinkel, die Lippen schmal und fest geschlossen, die Augenlider gesenkt, demütig beinahe. Der Mann schien ergeben in sein Schicksal gewesen zu sein, gar nicht verzweifelt, obwohl ihm seine Mitmenschen das Leben sicher zur Hölle gemacht hatten. Das Bedrückende an den Kopf- und Gesichtsmoulagen war ihre Befestigung. Sie waren wie die Schädel von erlegten und ausgestopften Tieren oder Geweihe an der Wand aufgehängt. Ein Teil des Hinterkopfes fehlte, das Modell war statt dessen auf einer mit Stoff umwickelten Platte fixiert, was wie eine Halskrause wirkte. Diese Pseudohalskrause suggerierte eine unangemessene Sorgfalt, eine falsche Liebenswürdigkeit, die man diesem Kopf, oder besser seinem Abguss, zukommen hatte lassen. Das Gesicht selbst neigte sich gegen den Boden, was den

Ausdruck von Demut verstärkte, oder überhaupt erst hervorrief. Ich vermutete, dass sich in Idas Rucksack etwas Schweres befand. Sie trug ihn so, als hätte er einiges Gewicht. Vielleicht sah der Plan vor, etwas auszutauschen, damit der Diebstahl nicht gleich auffiel. Im ersten Stock, in der Moulagen- und Feuchtpräparatesammlung, wäre ein Diebstahl ziemlich schwierig gewesen. Unsere Gruppe wurde von zwei Ärztinnen beobachtet. Waren wir in einem Raum, achteten sie darauf, dass alle hineingingen und alle wieder hinaus, niemand durfte länger als eine Minute alleine verweilen. Standen wir in einem Abschnitt des ringförmigen Ganges, weil der Student ein Exponat erklärte, öffneten die beiden vorne und hinten eine Zellentür, damit die Gruppe wie eine Herde Schafe zusammengedrängt blieb. Das zwang uns, nahe beieinander zu stehen, man hatte Körperkontakt zu seinen Nachbarn seitlich, vorne und hinten. Nichts ist schlimmer als fremde Körper, die ständig an den eigenen stoßen und, noch schlimmer, wenn die fremden Körper den eigenen vorsätzlich anrempeln und keinen Zentimeter nachgeben, sondern sich raumfordernd immer weiter ausbreiten wie ein tückisches Krebsgeschwür. Ich wischte mir mit dem Handrücken Schweiß von der Stirn. Wenn sich die Gruppe bewegte, wurde man weitergeschoben. Ich ließ mich ganz zurückfallen, so hatte ich nur eine Ärztin und die Zellentür im Rücken. Von der Führung bekam ich auf diese Weise nichts mehr mit. Die Hohenembs und Ida ließen sich ebenfalls zurückfallen. Sie hörten nicht hin, was der Student sagte, sondern tuschelten miteinander. Als der Rundgang beendet war, konnten wir endlich ins Erdgeschoss. Die Gruppe zerstreute sich langsam. Ich fragte die Hohenembs, welches Objekt wir mitnehmen würden. Sie sah mich verwundert an, Wie kommen Sie darauf? Ganz im

Gegenteil, wir werden ein nettes Präsent hinterlassen. Ich weiß nur noch nicht, welcher Raum sich dafür eignet. Sie wollen den Turm sprengen?, fragte ich. Was Sie für merkwürdige Ideen haben! Seien Sie still. Sie werden schon noch rechtzeitig informiert. Ich hatte mich nicht getäuscht, in Idas Rucksack befand sich ein schwerer Gegenstand. Mehrmals mussten wir durch die Ausstellung gehen, bis sich die Hohenembs endlich für einen Raum entschieden hatte. Die Zellen im Erdgeschoss waren nach Krankheitsbildern und Gesundheitsthemen eingerichtet. Die Schmiede befand sich in einem der Räume, die alte Zahnarztpraxis war hier und zwei *alchemistische Kammern*, die angefüllt waren mit allen möglichen Utensilien, ohne die ein Alchemist kein Alchemist ist: Totenschädel, ausgestopfte Tiere (von Vögeln bis Krokodilen), Zähne, Schlangen, Felle, Federn, Kerzen, Katzen, Teppiche, Truhen, Gläser, Flaschen, Behältnisse mit geheimnisvollen Inhalten aller Art. Im Vergleich zur übrigen Ausstellung stach dieses Sammelsurium merkwürdig hervor, es sah nach mittelalterlicher Magie aus. Nicht nach der wissenschaftlichen Dokumentation von Krankheit und Abweichung von der Norm, der sich das Museum verschrieben hatte, wie in den aufliegenden Broschüren zu lesen war. Diese Ausstellung denunzierte das Mittelalter als finsteres und zwielichtiges Zeitalter. Die Hohenembs hatte die beiden Räume ausgewählt, weil sie meinte, unter so vielen ominösen Gegenständen würde ein neuer nicht auffallen, man könne ihn einfach in einem dunklen Winkel dazustellen. Der einzig heikle Moment bestand darin, dass Ida den Gegenstand rasch und unbeobachtet an der richtigen Stelle platzierte. Die Hohenembs erklärte ihr, wo das Objekt deponiert werden sollte. Ida stellte den Rucksack auf den Boden und holte vorsichtig einen zylinderförmigen

Glasbehälter heraus, nachdem sie sich vergewissert hatte, dass keine Besucher in der Nähe waren. Im Glaszylinder schwamm ein menschlicher Kopf in einer Flüssigkeit. Ich hielt mir den Mund zu, sonst hätte ich aufgeschrien. Die Hohenembs wies mich an, mich neben sie hinzustellen, so dass Ida, die bereits unter der Kordel durchgeschlüpft war, von uns beiden abgeschirmt wurde. Ida stellte den Glaszylinder zwischen einen Totenschädel und einen ausgestopften Uhu und drapierte ein paar Federn um das Arrangement. Der Kopf stand etwas hinter dem Uhu, auf den ersten Blick fiel er gar nicht auf. Gebannt starrte ich auf das Präparat. Es war ein männlicher Kopf, die Flüssigkeit, in der er schwamm, war trüb, wie grünliches Teichwasser, dadurch wirkte der Kopf verformt, in die Breite gezogen. Die Augen waren halb geöffnet, der Mund verzerrt, man konnte die Zähne sehen, die in gutem Zustand erhalten schienen. Famos!, die Hohenembs war hoch zufrieden. Sie blickte zu dem neuen Exponat. Genau so habe ich mir das vorgestellt. Bravo, Ida! Du bist doch die Beste. Meine Einzige! Vergessen Sie nicht Korfu!, rief Ida. Die Hohenembs nickte mit geschlossenen Augen. Wer ist das?, fragte ich, und die Hohenembs flüsterte, es handle sich um den Kopf des Sisi-Mörders Luigi Lucheni, der nunmehr seiner wahren Bestimmung zugeführt wurde. Er sei schon einmal hiergewesen, aber der Öffentlichkeit nicht zugänglich gemacht worden, die Museumsleitung hatte nicht gewagt, ihn auszustellen. Man wollte ihn in den Anatomiegräbern des Zentralfriedhofs bestatten, was zum Glück verhindert worden war. Ich wandte ein, dass es die Betrachtung verfälsche, wenn niemand wisse, dass es sich um Lucheni handle. Das müsse man in Kauf nehmen, würde Ida noch ein Schildchen dazustellen, wäre die Chance gering, dass die Museumsleitung den Kopf stehen ließe und nicht wieder versuchte, ihn zu bestatten. So würde es gar nicht auffallen, man wisse ja inzwischen, wie es in den Museen zugehe. Schon gar nicht kannten alle Mitarbeiter alle Exponate auswendig. Vielleicht würde man sich sogar über ein neues, geschenktes Präparat freuen. Die Museumsleitung hätte seit damals im übrigen gewechselt, die neue hatte das Lucheni-Präparat selbst nie zu Gesicht bekommen, würde es also nicht einmal erkennen. Und da ein präparierter Kopf hier nichts Ungewöhnliches sei, würden sie ihn stillschweigend akzeptieren, um sich keine Blöße zu geben. Er passe sehr gut zwischen Uhu und Totenschädel, das gefiel dem neuen Direktor sicher auch. Ich hatte meine Zweifel, selbst wenn die Museumsleitung den Kopf nie in natura gesehen hatte, musste es von so einem berüchtigten Präparat Abbildungen und einen Akt geben, den jeder Museumsdirektor bei Amtsantritt einsehen würde. Nachdem wir das Museum verlassen hatten, fragte ich die Hohenembs, wie sie in Besitz des Glaszylinders gelangt sei. Darauf antwortete sie nicht, wie üblich, wenn ihr eine Frage nicht passte. Fünf Jahre lang hätte der Kopf in ihrer Wohnung herumgestanden, zum dauernden Schrecknis Idas, die das Glasbehältnis einmal in der Woche abstauben musste. Der Hund sei davor gestanden und habe es täglich angebellt, immer zur gleichen Zeit am späten Vormittag, mehrere Minuten lang. Dann habe der Hund sich abgewendet und das Zimmer verlassen, das er den ganzen restlichen Tag über gemieden habe, um es erst am nächsten Vormittag zum gleichen Zweck zu betreten. Sie selbst hätte sich an diesem Gesicht satt gesehen, sie benötige es nicht mehr.

*

Einmal wünschte sie sich vom Kaiser zum Namenstag einen Königstiger, ein Medaillon oder ein vollständig eingerichtetes Narrenhaus. Dieser letzte Wunsch entsprang ihrem Bedürfnis, etwas für die verwirrten Seelen zu tun, die in Wien im so genannten Narrenturm unter erbärmlichen Zuständen untergebracht waren. Angekettet, auf bloßem Stroh vegetierend, nicht besser als die wilden Tiere, und obskuren, wenn nicht lebensgefährlichen Behandlungsmethoden ausgesetzt. Er war natürlich so prosaisch, ihr postwendend ein Medaillon zu schicken, über die beiden anderen Wünsche verlor er nicht einmal ein Wort. Sie besuchte Waisenhäuser und Krankenhäuser, scheute sich nicht, die Cholerakranken zu berühren, auch wenn sie danach zu ihren Enkelkindern ging. Sie kam immer unangemeldet und ließ sich Essproben aus der Küche bringen – meine zarte Rose, die so sehr darauf achtete, was sie aß – und brachte die Direktoren zur Verzweiflung. Am liebsten aber waren ihr die Narrenhäuser, einmal traf sie in einer dieser Anstalten auf eine Frau, die sich einbildete, Ihre Majestät zu sein. Mein kedvesem war etwas verstört, bewahrte aber Contenance und sagte später zu mir: Die arme Frau, wenn die wüsste! Dass ich genauso in einem Kerker lebe wie sie.

*

Alles, was ich wollte, war Kamillentee. Ich saß auf dem Sofa, inmitten meiner Müllhalde, eine Tasse in der Hand. Etwas stieß mir auf, ein widerwärtiger Geschmack breitete sich im Mund aus. In meinem Magen gärte es. Früher war dieses Phänomen nur aufgetreten, wenn ich übermäßig viel und sehr schwere Sachen gegessen hatte und nicht kotzen konnte oder wollte, um mich zu bestrafen, weil ich wieder einmal aufhören wollte und mir ein letztes Mal Kotzen nicht gestattete. Ich dachte, nur dann könne ich es schaffen, wenn es mir gelänge, einmal den Kreislauf zu durchbrechen und diese Verdauungshölle zu ertragen, ohne zum *Allheilmittel* gegriffen zu haben. Der Magen stellte die Verdauung ein, gewohnt, ständig durch künstlichen Anreiz entleert zu werden, war er diesen Mengen nicht mehr gewachsen. Der Mageninhalt gärte dann tagelang vor sich hin, wurde nicht um einen Milliliter abgebaut. Als ob man einen stinkenden Klumpen im Bauch liegen hätte. Dauernd musste ich aufstoßen, aus meinem Mund strömte ein faule-Eier-Gas, ich konnte nicht mehr unter Menschen gehen. Ich trank dann Pfefferminztee, in seltenen Fällen einen Schnaps, das half manchmal. Der Spiritusgeruch des Schnapses, der sich mit dem Schwefelgeruch vermischte, stieß mir in verheerendster Weise auf. Ich fühlte mich wie ein uralter, klebriger Mülleimer, in dem die Abfälle verrotten. Dauerte dieser Zustand länger als zwei Tage an, übergab ich mich doch wieder, aus Angst, dass mich diese Schwefeldämpfe vergifteten, aber auch vor Ekel, ich ertrug es nicht länger, dass in meinem Körper eine derartige Verwesung stattfand. Nachdem wir den Narrenturm verlassen hatten, hatte die Hohenembs zu mir gesagt: Sie haben sich gut gehalten, meine Liebe. Ich bin zufrieden mit Ihnen. Anstatt wie Ida ihre gute Laune zu nützen, anstatt an ihre Großzügigkeit zu appellieren und sie zu bitten, mich *freizugeben*, ging ich wortlos hinter den beiden schwarzen Gestalten her. Wir hatten ja denselben Weg, was ich als besonders demütigend empfand. Ich kam nicht auf den Gedanken, einen anderen Weg einzuschlagen. Als wir aus der Straßenbahn gestiegen waren, hatten mir die Hohenembs mit ihrer behandschuhten Hand und Ida mit dem leeren Rucksack zum Abschied fröhlich hinterhergewinkt. So gut gelaunt hatte ich die beiden noch nie erlebt.

Ich schlug den Weg zu meiner Wohnung ein, ohne wirklich nach Hause zu wollen, ich wusste nicht, wohin ich sonst hätte gehen sollen. Zu Charlotte konnte ich nicht. Ich dachte darüber nach, was ich tun sollte, und kam widerwillig zu einem klaren Schluss, der in Wirklichkeit längst in meinem Kopf herumspukte, den ich nur verdrängt hatte: Ich musste endlich mit der Hohenembs reden. Genau das, wovor mir am meisten graute. Sie anrufen und um ein Gespräch unter vier Augen bitten. Vor Ida wäre es mir zu peinlich gewesen, die Hohenembs anzubetteln, worauf es letzten Endes hinauslief. Ida war das vermutlich egal, mich würde ihre Anwesenheit hemmen. Am schwierigsten schien mir der Anruf zu sein, den ich deswegen auf den nächsten Tag verschob, anstatt ihn sofort zu tätigen und die Gunst der Stunde zu nutzen. Ich dachte, wenn ich einmal darüber schlafe und mich von diesem Tag erhole, kann ich mit frischer Kraft und überzeugenden Argumenten an dieses Projekt herangehen. Dass die Hohenembs währenddessen Zeit hatte, sich neue Aufgaben für mich auszudenken, daran dachte ich in diesem Moment nicht. Sobald ich aus der Umklammerung dieser Frau befreit war, konnte ich mein normales Leben wieder aufnehmen, ich konnte Charlotte anrufen, konnte arbeiten, den Rückfall vergessen oder ihn als Warnung betrachten, dass ich mir niemals sicher sein durfte. Ich schaltete das Radio ein, drehte den Lautstärkeregler voll auf, dass die Boxen dröhnten, und tanzte zu dem Song *Caught by the Fuzz* von Supergrass, immer noch mit der Kamillenteetasse in der Hand, durch die Wohnung. Ich drehte und wiegte mich, bis mir schwindlig wurde, ich war frei! Plötzlich überkam mich ein beißendes Hungergefühl. Kein Wunder. Das letzte, was ich gegessen hatte, hatte ich nicht bei mir behalten. Ich stürzte zum Kühlschrank, mahnte mich dann zur

Zurückhaltung. Ich hielt mich am Griff fest. Nur langsam, erst überlegen! Der Kühlschrank war leer. Ich bekam einen Schweißausbruch. Ich musste aufpassen. Was ich jetzt aß, war von äußerster Wichtigkeit. Es musste gesund sein, in einer normalen Menge, die den Körper nicht belastete, also eher weniger. Mir war bereits so übel vor Hunger, dass mir Einkaufen unmöglich schien. Gleich um die Ecke gab es ein asiatisches Restaurant mit All-you-can-eat-Angebot. War das nicht sehr gewagt, in meinem Zustand? Sollte das erste Essen in meinem normalen Leben nicht etwas einfacher sein? Ich konnte in diesem Lokal genausogut so wenig essen, wie ich wollte. Das schien mir ein guter Gedanke. Winzige Mengen von jedem gesunden Gericht, oder noch besser, nur von zwei, drei Gerichten, sonst verlor ich den Überblick und der fatale Eindruck des Völlerns würde in mir entstehen. Ich war ohnehin immer gehemmt gewesen in All-you-can-eat-Restaurants, ein Entgleisen deswegen unwahrscheinlich. Ein wesentlicher Bestandteil der Lustempfindung ist die Heimlichkeit beim Essen, man möchte keine Zeugen. Abgesehen von der Menge kann man nicht so essen, wie man will, sich alles gleichzeitig auf den Tisch stellen, damit der Essvorgang nicht ständig unterbrochen werden muss. Man möchte sich in den Prozess des Verschlingens versenken und nicht aufstehen müssen, man möchte gierig und laut sein. Unmöglich in einem Lokal, wo es Angestellte gibt, die darauf lauern, wieviel man auf seinen Teller häuft, einem womöglich zublinzeln oder mit dem ausgestreckten Arm auf ein Gericht weisen, das man unbedingt kosten müsse. Gerade diese Aufforderung zum Essen, bei der man nicht weiß, ob sich die Kellner nicht hinter unserem Rücken die Servietten in den Mund stopfen, um nicht laut herauszulachen, beschämt zutiefst. Trotzdem läuft man Gefahr, versehentlich zu viel zu essen. Das konnte sehr schnell gehen. Und dann die Kraft haben, sofort aufzuhören, auf keinen Fall weiterzuessen und das Gefühl des Sich-Überfressen-Habens auszuhalten, das ist nicht jedem gegeben, nicht einmal unbeschwerten Essern. Die Wirtin vom *Suzie Chang* begrüßte mich an der Eingangstür und zeigte auf das Buffet. Ich nickte und ging sofort hin, ohne vorher einen Tisch auszuwählen. Ich überlegte nicht lange und nahm die letzten drei Stück Lachssushi, samt der Petersiliendekoration, unverfänglich und kalorienarm. Mit dem Teller in der Hand sah ich mich erst jetzt im Lokal um, es war halb leer und mehrere Tische am Fenster waren unbesetzt. Ich bestellte Jasmintee. Dann holte ich eine Schale weißen Reis mit Brokkoli, wobei ich mir sehr viel Zeit ließ, danach eine Schale gebratene Nudeln und zwei etwas zähe Teigtaschen mit einer Fülle aus Faschiertem. Ich aß mit Stäbchen, damit es länger dauerte. Trotz ihrer Zähheit schmeckten die Dim Sum ausgezeichnet, und ich holte mir drei weitere. Dann war ich satt und geriet in Panik. Ich hatte ja aufhören wollen zu essen, bevor ich satt war. Ich überschlug in Gedanken, was ich gegessen hatte. Es war gar nicht so viel, es war mir nur so vorgekommen, ich war es nicht mehr gewohnt, etwas im Magen zu behalten. Das Sushi, der Reis und der Brokkoli waren harmlos, und die gebratenen Nudeln und die Teigtaschen (auch gebraten), na ja. Ein bisschen fett vielleicht, und drei Stück statt fünf von den Taschen hätten genügt, es lag immerhin noch im Bereich des Normalen. Außerdem war ich ausgehungert gewesen. Ich winkte der Wirtin, damit sie mir die Rechnung brachte. Ich trank den Pflaumenwein, dann ging ich nach Hause, mit vollem Magen zwar, jedoch nicht unglücklich. Vor meiner Wohnungstür standen eine Frau und zwei Männer, einer drückte gerade den Finger an die Klingel. Mein erster Impuls war wegzulaufen. Jetzt haben sie mich erwischt, dachte ich, es konnten ja nur Polizisten sein. Es war aber zu spät zum Weglaufen, die Frau hatte mich bereits bemerkt und lächelte mir zu. Was wollen Sie, fragte ich mit trockenem Hals, und hörte schon die Handschellen schnappen. Der, der geläutet hatte, drehte sich um. Grüß Sie, Hausverwaltung Hustler. Ich habe einen Besichtigungstermin in Top 4. Sind Sie die Mieterin? Da muss es sich um einen Irrtum handeln, ich habe den Vertrag gerade verlängert, die Wohnung steht nicht frei zur Vermietung, sagte ich. Davon weiß ich nichts, ich muss hier eine Besichtigung durchführen, wenn Sie so freundlich sind und bitte die Wohnung zugänglich machen. Dem Pärchen war die Situation peinlich, sie machten betretene Gesichter. Irgendwie kamen sie mir bekannt vor. Vielleicht sollen wir ein anderes Mal wiederkommen?, meinte die Frau. Sie war um einen halben Kopf größer als der Mann und ziemlich mager, während er aussah, als würde er Gewichte stemmen. Es ist nicht aufgeräumt, sagte ich, aber Sie können die Wohnung gerne anschauen und in drei Jahren wieder kommen. Ich dachte, damit hätte ich sie abgeschüttelt. Das war ein Irrtum, kaum war die Tür offen, standen die drei schon im Vorraum und begutachteten den Zustand der Wände. Ausmalen müsste man, aber die Wände sind in Ordnung, sagte der Makler. Sie gingen in die Küche, und die Frau stieß einen Entzückungsschrei aus. So ein großes Fenster, mit dieser schönen Linde, das ist ja herrlich! Frühstück wie im Grünen. Ich sah die Linde auf einmal mit anderen Augen, ich hatte sie gar nicht mehr beachtet, so sehr war sie mir zur Gewohnheit geworden. Vielleicht möchten Sie einen Kaffee?, fragte ich. Sehr gerne, antwortete die Frau. Zu einem Kaffee sage ich nie Nein, bemerkte der Mann launig, und der Makler nickte erfreut. Damit hatte ich nicht gerechnet, es war eine rhetorische Frage gewesen, auf die sie mit einem beschämten, verneinenden Blick antworten hätten sollen. Jetzt musste ich ihnen auch noch Kaffee machen! Sie gingen ins Wohnzimmer, ohne sich weiter um mich zu kümmern. Der Ausblick auf den Park gefiel ihnen ebenso gut. Wenn die Wohnung erst einmal leer steht, sieht sie gleich ganz anders aus, hörte ich den Makler sagen. Ich stellte die Espressokanne auf den Herd, und als der Kaffee durchgedampft war, bereitete ich drei Tassen und brachte sie auf einem Tablett ins Wohnzimmer. Ich hoffte, dass sie sich nicht auf das Sofa setzen würden. Es war übersät mit Papieren und schmutzigem Geschirr, aber diesen Personen war alles zuzutrauen. Sie nahmen die Tassen vom Tablett, maßen mit ihren Schritten das Zimmer ab und schoben mit den Schuhspitzen leere Schachteln beiseite, ganz so, als ob sie schon hier wohnen würden. Der Makler stand am Fenster und blickte auf den Park. Eine Wohnung mit so einem Blick hätte ich auch gerne, seufzte er. Als ob ein Makler nicht jede Wohnung haben könnte, die er wollte. Nach kurzer Beratung entschied sich das Paar dafür, die Wohnung zu nehmen. Der Kaffee ist ziemlich stark, meinte die Frau, aber gut. Normalerweise trinke ich nur Café latte. Sollte sie einen Herzinfarkt bekommen! Dass Sie so eine schöne Wohnung aufgeben! Mir völlig unverständlich. Da müssen Sie ja eine noch viel bessere gefunden haben, nicht wahr?, plapperte sie weiter. Wo hatte ich die Frau nur schon gesehen? Auch ihre Stimme hatte ich schon einmal gehört. Der Makler gab dem Mann ein Formular zum Unterschreiben, und dieser unterschrieb sofort, ohne es durchzulesen und erhielt nicht einmal einen Durchschlag. Ich war fassungslos. Der Makler drängte die beiden zur Tür, schüttelte mir die Hand, Danke für Ihre Kooperation, Sie hören von uns, wegen der Schlüsselübergabe. Das Pärchen winkte von draußen. Auf Wiedersehen und danke für den Kaffee! Ich knallte die Tür zu, drehte den Schlüssel zweimal um und ging zum Telefon, um die Hausverwaltung anzurufen. Ich brauchte dringend etwas Schriftliches, wie mir das Formular des Maklers verdeutlicht hatte. Frau Savka musste mir auf der Stelle den Verlängerungs-Vertrag schicken. Ich kam nicht durch, es war ständig besetzt. Dann eben morgen, gleich in der Früh. Ich legte mich auf das Sofa, rundherum die Müllhalde, über die weder der Makler noch das Besichtigerpärchen ein Wort verloren hatten. Ich war zu erschöpft, um aufzuräumen, ich wollte nur schlafen. Mitten in einem Alptraum, der mir einen fremden Hund auf dem Balkon meiner Eltern vorführte – er war am Geländer angeleint und während des Sprungs in Richtung Balkontür eingefroren, so dass er in der Luft mit völlig überraschtem Gesichtsausdruck schwebte – sprach man bei Hunden überhaupt von Gesicht, hieß das bei denen nicht anders? –, ich wagte nicht meinem ersten natürlichen Impuls zu folgen, nämlich den steifen Tierkörper loszubinden und hereinzuholen, ihn in Decken zu wickeln und seinen Kopf zu streicheln, aus Angst, der Hund würde mich beißen, nachdem er aufgetaut war, aus Rache, dass ihm so etwas angetan worden war –, läutete das Telefon. Ich hatte den Eindruck, dass es schon seit längerer Zeit klingelte, wollte aufstehen, fiel dabei vom Sofa und robbte mich, leeres Verpackungsmaterial und Plastikflaschen beiseite schiebend, bis zum Telefon vor. Die Hohenembs! Höchstpersönlich. Sie lud mich für den nächsten Vormittag zum Frühstück in ihre Wohnung ein, zum Plaudern. Es gäbe alles, was zu einem richtigen Frühstück gehörte, echte heiße Schokolade, flüssiges und geschlagenes Schlagobers, süßes und pikantes Gebäck, Eier in jedweder Form, Speck und Schinken, Erdbeeren, Orangen, Kaffee, Tee. Ich weiß doch, dass Sie ein Faible für gutes Essen haben, rief sie noch am Schluss. Ich zögerte. Die Einladung war vielleicht eine Chance. Ich musste wieder lernen, mit solchen Situationen umzugehen, ich hatte das All-you-can-eat gemeistert, da sollte es mir doch gelingen, mit Würde ein Frühstück zu absolvieren. Ich sagte zu, obwohl ich mich ärgerte, dass sie mich wieder einmal zuerst angerufen hatte. So sah es aus, als wartete ich immerzu, bis sich etwas ereignete. Aber das war das letzte Mal! Ich streckte mich auf dem Boden aus, der im Vergleich zum weichen Sofa angenehm flach war. Ich legte meinen Kopf auf eine Fernsehzeitschrift und schlief ein.

*

Manchmal war sie dazu gezwungen, ganze Vormittage in einem Sessel sitzend zu verbringen, die Haare in Strähnen unterteilt und an Bändern aufgehängt, weil sie vom Gewicht ihrer Flechten Kopfschmerzen bekam. Dabei war für sie nichts schlimmer, als so lange Zeit untätig herumsitzen zu müssen. Ich bin die Sklavin meiner Haare, das sagte sie oft. Die Frisierprozedur dauerte mindestens drei Stunden. Während dieser Stunden las ich ihr Heine vor, oder sie machte Konversation in Ungarisch oder Griechisch. Die Friseurin Fanny Feifalik, eine ehemalige Theaterfriseuse, musste ihr auf einem Silbertablett die ausgekämmten Haare präsentieren. Für jedes einzelne wurde sie ausgescholten. Schließlich griff die Feifalik zu einem Trick, indem sie an einem Klebeband unter ihrer Schürze die ausgegangenen Haare verschwinden ließ. Alle drei Wochen fand die Kopfwäsche statt, dieser Termin hatte absoluten Vorrang. War der Zeitpunkt für diese langwierige Operation, die einen ganzen Tag in Anspruch nahm, festgesetzt, musste alles übrige abgesagt werden. Sie nahm dabei keinerlei Rücksichten auf repräsentative Verpflichtungen. Ihr wallendes Haar wurde mit einer Mischung aus rohen Eidottern und Cognac bestrichen, die stundenlang einwirkte. An solchen Tagen war sie besonders ungnädig. Sie war von der Feifalik ganz und gar abhängig, wenn diese einmal krank war und sie von einer Zofe frisiert werden musste, war ihr der sämtliche Tag verdorben. Diese Abhängigkeit nutzte die Feifalik, um ihre unverschämten Anliegen durchzusetzen. Und sie tat einen weiteren Dienst, mit dem sie sich noch ein Stück unentbehrlicher machte, sie trat als Doppelgängerin auf, wenn wir an einem Ort eintrafen und die dortigen Honoratioren es sich nicht nehmen lassen wollten, meinen szeretett angyalom mit großem Pomp zu empfangen und ihr nutzlose Dinge zu überreichen, von goldenen Schlüsseln bis zu voluminösen Blumenbuketts. Sie hasste öffentliche Aufmerksamkeit und schickte die Feifalik, die eine ähnliche Statur hatte wie sie, in einem ihrer Kleider vor. Diese schritt dann in tadelloser Haltung durch die Menge, nahm die Ehrenbezeugungen der Bürgermeister entgegen, so gut sie konnte, Ihre Majestät imitierend. Im Hafen von Smyrna wurde sie im Galaboot herumgefahren und ließ sich von den Stadthonoratioren huldigen. Währenddessen konnte meine Rose mit mir unbemerkt zwischen den Leuten durchschlüpfen. Wäre die Feifalik nur damals in Genf dabeigewesen. Dann hätte der Italiener sie erstochen und nicht meine Blume!

*

Die Hohenembs saß mir gegenüber im Salon, im einzigen Sessel mit den Armlehnen, dahinter stand Ida und machte sich an den dunklen Haarmassen zu schaffen. Ida war in den weißen Arbeitskittel gezwängt. Wehleidige Unmutsäußerungen kamen aus Richtung der Frisierten, die von den beiden Graupapageien in der Ecke nachgeahmt wurden. Die Hohenembs ließ eine Hand herunterhängen, mit der sie über den riesigen Hund strich, der neben ihr am Boden lag. Ida war nicht besonders geschickt, vielleicht hatte sie keine Lust, mit den Haaren zu hantieren, was ich ihr nachfühlen konnte. Ich finde fremde Haare auch ein wenig ekelhaft. Noch ekelhafter finde ich fremde Kopfhaut. Mit so etwas Empfindlichem, Intimem will ich nichts zu tun haben. Die Hohenembs hatte dichtes und braunes Haar, man sah keine Kopfhaut durchschimmern, wofür ich ihr sehr dankbar war. Endlich drehte Ida die Haare zu einem dicken Zopf, den sie mit langen Haarnadeln aus ihrem zusammengepressten Mund auf dem Hinterkopf der Hohenembs befestigte. Sie selbst trug die gleiche Frisur, nur war die zusammengerollte Zopfschlange bei ihr dünner und das kastanienfarbene Braun mit grauen Strähnen durchzogen. Auch bei ihr keine Spur von Kopfhaut. Ich nippte an einer Tasse Lady Grey und biss von einer gebutterten Schinkensemmel ab. So gut hatte mir selten eine Semmel geschmeckt, sie war handgeformt, und der Schinken von auffallender Zartheit. Die Frisierprozedur hatte mir den Appetit leider nicht verdorben. Ich bemühte mich, nicht auf den vollgeladenen Tisch zu sehen und mich auf mein Vorhaben zu konzentrieren. Ich wartete den günstigsten Moment ab, um die Hohenembs zu bitten, mich mit ihren Machenschaften zu verschonen. So durfte ich das natürlich nicht formulieren, ich hatte mir passendere Sätze zurechtgelegt, es war aber der falsche Augenblick. Sie stand noch zu sehr unter dem Eindruck der lästigen Morgentoilette. Mir fiel wieder Luchenis Kopf ein, ich hatte nicht mehr an ihn gedacht. Mir wurde siedend heiß, und der Bissen von der Schinkensemmel, den ich im Mund hatte, legte sich trocken und widerwärtig nach Tier schmeckend an den Gaumen. Ich schluckte ihn ungekaut hinunter und fragte die Hohenembs mit Bröseln in der Stimme, wo denn eigentlich der Glaszylinder mit dem Kopf gestanden habe. In einem Kabinett ist er gestanden, ich wollte ihn nicht im Salon haben. Ich muss aber etwas ganz anderes mit Ihnen besprechen, das Museum hat einen neuen Gegenstand erworben, der ebenso wie die Entenpressen mir gehört. So Leid es mir tut, unberufen, wir müssen noch einmal in das Museum und diesen Gegenstand holen. Sie sagte *holen* ohne jede Ironie. Sie hatte schon einen Zeitpunkt festgelegt, in sieben Tagen, denn sie wollte uns, Ida und mir, nach dem famosen Coup mit Luchenis Kopf ein paar Tage freigeben. Wäre es nach ihr gegangen, hätte sie den Gegenstand – sie sagte nicht, worum es sich handelte, und ich fragte nicht – schon am nächsten Tag in ihren rechtmäßigen Besitz gebracht. Sie sähe ein, dass sie uns das nicht zumuten könne, obwohl es sie bereits in den Fingern kribbelte. Jetzt war der schlechteste Zeitpunkt für mein Vorhaben, wieder hatte ich zu lange gewartet. Die Hohenembs bemerkte meine Niedergeschlagenheit und versuchte mich aufzumuntern: Die Medien haben noch nicht vom Verschwinden der Entenpresse berichtet. Auch diesmal wird es so reibungslos ablaufen wie letztes Mal, versprach sie, Sie brauchen sich keine Sorgen zu machen. Sie schien von der Aussicht auf einen weiteren Diebstahl wie berauscht und reichte mir ein Buch über den Tisch. Sehen Sie, was Ida für mich besorgt hat, es sind wunderbare Aufnahmen, unberufen. Es war ein 1000 Seiten starker Bildband mit erotischen Fotos von Frauen vom Anfang des 20. Jahrhunderts. Beinahe stieß ich mit dem ausgestreckten Arm, der vom unerwarteten Gewicht des Buches niedergedrückt wurde, ein Milchkännchen um. Die Bilder waren schwarzweiß und körnig, ähnlich den Fotos im Sexmuseum. Ich blätterte ein wenig zwischen den Seiten, die Fröhlichkeit und Unbeschwertheit der Posierenden war das eigentlich Erotische daran. Ihre Körper waren unbeschwert, sie waren nicht zurechtgehungert oder -geschnürt, nicht zurechtgeturnt und nicht zurechtgeschnitten, sie waren nicht in drei, vier Typen unterteilt. Es sah spielerisch und harmlos aus, ich weiß nicht, ob das auf die Modelle wirklich zutraf, ob sie sich mit dem Fotografen vergnügt hatten, vorher oder nachher oder währenddessen, oder ob sie nicht doch erpresst und gedemütigt worden waren, auf den Bildern war von Nötigung nichts zu erkennen. Die Hohenembs ließ sich von Ida eine halbe Tasse Kaffee einschenken, den Rest füllte sie mit Zucker und flüssigem Schlagobers, dazu aß sie zwei Schinkensemmeln und eine Topfengolatsche. Beim Anblick der Kaffeetasse fiel mir die Hausverwaltung ein, die ich ja gleich in der Früh hatte anrufen wollen. Ich hatte komplett darauf vergessen, worüber ich mich nun ärgerte, und beschloss, mich über das Vorgehen des Maklers zu beschweren, der sich auf die Hausverwaltung berufen hatte. Ida hatte inzwischen den Arbeitskittel zum Essen ausgezogen und aß Topfengolatschen, drei oder vier Stück, ich zählte nicht so genau mit, dazu trank sie Tee wie ich, allerdings schüttete sie ihn in sich hinein, so wie man eine große Topfpflanze nach dem Urlaub goss. Ich zwang mich, nichts mehr zu essen, und versuchte mir einzureden, das Essverhalten der beiden stoße mich ab. Als ob ich selbst nicht schon Grausigeres geleistet hätte. Die Hohenembs schlang ihre Semmeln genauso hinunter wie Ida ihre Golatschen, von der Geziertheit beim Picknick im Prater war nichts mehr zu bemerken.

Auch der Hund war nervös geworden und drehte seinen Kopf von Ida zur Hohenembs und zurück, aber sie gaben ihm nichts. Ich wurde regelrecht krank vor Neid. Warum durften die beiden alles in sich hineinstopfen, während ich mich mit einer einzigen Semmel begnügen musste? Weit hatte ich es gebracht! Dazusitzen und zwei alten Frauen eifersüchtig auf das Essen zu starren, gemeinsam mit diesem ausgemergelten Hund. Mit Fingerschnippen und Pst-Geräuschen versuchte ich den Hund anzulocken, damit er sich über den Kopf streicheln ließ, damit wir Hungernden uns zusammentaten. Er blieb stur neben der Hohenembs liegen, in der trügerischen und dummen Hoffnung (typisch Hund), vielleicht doch einen Bissen aufzuschnappen. Ihm gegenüber besaß ich einen entscheidenden Vorteil: Ich konnte mir vom Tisch nehmen, so viel ich wollte. Und dieser Gedanke führte zum nächsten, grässlichen Gedanken: Nur einmal noch. Ein kompliziertes Lügengeflecht wand sich wie giftiges Lianengewächs um diesen einen Satz, das nur dazu diente, zu verschleiern, dass es natürlich nicht bei einem Mal blieb.

*

Bei ihrer Mutter in Possenhofen war es üblich, dass die Hunde beim Essen anwesend waren, sie saßen auf dem Schoß der Herzogin und durften von ihren Tellern essen, die deswegen von einem Diener andauernd ausgetauscht werden mussten. Ihre Lieblingshunde waren weiße Spitze. Es herrschte ein ständiges Gewusel in Weiß auf ihrem Schoß und ein Gebell im Speisezimmer, sie untersuchte die Hunde auf Flöhe und zerknackte diese mitten auf dem Tisch. Links und rechts von ihr war das Tischtuch übersät mit zerquetschten schwarzen und braunen Floh-

körpern, aus denen das rubinrote Hundeblut sickerte. Ein Lakai kehrte die Flohleichen mit einem silbernen Tischbesen auf eine silberne Tischschaufel, kam aber mit seiner Arbeit kaum nach. Meinem kedvesem war das ein wenig peinlich. Die Wiener Hofdamen zerrissen sich die Mäuler darüber und hatten weitere Nahrung für ihre boshaften Gerüchte. Sie konnten es nicht verwinden, dass dieses von Etikette und spanischem Hofzeremoniell unbelastete Landkind ihre Kaiserin geworden war und sie an natürlicher Eleganz bei weitem übertraf.

*

Nachdem ich mich zu Hause in Panik, dass es schon zu spät sei und ich nicht mehr alles hinausbekommen würde, übergeben hatte – bei der Hohenembs hatte ich es nicht gewagt, aus Angst vor der Geruchsentwicklung, auch der Hund war ein Risikofaktor: Womöglich hätte er sich vor die Toilettentür gestellt und gebellt oder gewinselt –, war mir, noch über der Klomuschel hängend, der grandiose Einfall gekommen, eine Diät zu machen. Besser noch: Ich beschloss zu fasten. Dass ich nicht schon früher daran gedacht hatte. Ein Übergang, ein reinigendes Ritual war nötig. Körper und Psyche durchspülen, eine einfache Rechnung! Und abnehmen würde ich auch. In den folgenden sieben Tagen ernährte ich mich von Kräuter- und Früchtetee, einmal pro Tag trank ich ein großes Glas Gemüsesaft und ein Glas Sauerkrautsaft. Es war so leicht, nichts zu essen, und so schön. Es gelang mir sogar, obwohl mich das große Überwindung kostete, mich nur zweimal am Tag zu wiegen, morgens und abends. Ich brachte langsam die Wohnung in Ordnung. Meine Zunge bekam in den ersten drei Tagen einen grünlich-weißen fleckigen Belag, mein Gesicht war im schönsten Jahrhundertsommer grau und pickelig. Aber langsam klärten sich Haut und Zunge, die Lymphdrüsen schwollen ab, das ärgste Gift war draußen, und ich fühlte mich leicht und frisch. Ich war gestärkt für die nächste Begegnung mit der Hohenembs, diesmal würde ich endlich sagen, dass sie mit mir nicht so umspringen konnte wie mit Ida. Drei Kilo leichter, blass, fröstelnd und zittrig stand ich am vereinbarten Tag vor dem Eingang des Museums und wartete auf die Hohenembs und Ida. Ich war viel zu früh, wenn man eine Fastenkur macht, hat man sehr viel Zeit. All die Zeit, die man normalerweise zum Einkaufen, Kochen, Essen und Abwaschen aufwendet, steht nun unbegrenzt zur Verfügung. So wie das Fressen und Kotzen ein Zeitvernichter ist, die Zeit vorne und hinten nicht ausreicht, ist die Fastenkur ein Zeitgenerator. Man weiß gar nicht, wohin vor lauter Zeit. Noch hatte ich das Fasten nicht gebrochen, ich wollte ein, zwei Tage anhängen, vielleicht konnte ich weitere zwei Kilo abnehmen, somit hätte ich insgesamt fünf verloren. Ich bemerkte gar nicht, dass ich wieder in der tödlichen Gewichtsspirale verfangen war. Sobald man sein Abnehmziel erreicht hat, stellt man ein neues auf: Das Idealgewicht wird nach unten korrigiert, eine gerade Zahl, eine ungerade, noch 2 Kilo, dann kommt man auf 45 Kilo statt auf 47; hat man 45, wären 2 Kilo weniger ideal, dann hat man einen Reservepolster (einen negativen!), falls man doch wieder zunimmt. Hat man endlich 43, denkt man, warum nicht gleich 40, das ist so eine schöne runde Zahl (in Wirklichkeit zeigt die Zahl 4 schon die Knochen an, die überall herausstehen), aber dann!, 38 wäre noch besser, da kann man ruhig 1 oder 2 Kilo zunehmen, ohne dass man sich Sorgen machen müsste. Natürlich nimmt man nicht wieder zu, wenn man schon 38 oder 37 hat (plötzlich geht es wie von selbst nach unten), warum sollte man dieses schwer verdiente Gewicht aufs Spiel setzen. Bei mir war mit 35 Schluss, weniger schaffte ich nicht. Ich war keine von den Anorektikerinnen, die einen unglaublichen Willen zum Nichtessen oder Essen winzigster Mengen aufbringen. Ich hasste mich dafür, dass ich das nicht zustande brachte, dass ich so undiszipliniert und gefräßig war, ohne Selbstkontrolle. Anorektikerinnen waren meine Göttinnen. Ich war ekelerregend, zügellos, abartig. Sie waren sauber, diszipliniert, leicht. Auf diesen Olymp kam ich nie. Ich konnte meine 35 nicht aufrecht halten. Ich war zu schwach, mein Wille nicht stark genug, ich hatte Kreislaufprobleme, Konzentrationsprobleme. Ich war so stolz, wenn mir schwindlig war, denn das hieß: Du bist dünn. Ich wollte abwesend sein, verschwinden. Auf einmal fühlte ich mich sehr fragil und einem Treffen mit den beiden nicht gewachsen. Ich überlegte, wieder wegzugehen, da sah ich sie mit ihren wehenden Röcken auf mich zukommen. Diesmal war der Hund dabei. Wie üblich begann die Hohenembs einfach zu sprechen, ohne Begrüßung, während Ida von einem Bein auf das andere trat. Vielleicht schmerzten ihr die Beine in dieser Hitze, bei ihrem Leibesumfang kein Wunder. Sie warten draußen mit dem Hund. Ida und ich gehen hinein und holen das Objekt. Wenn Sie uns herauskommen sehen und jemand verfolgt uns, halten Sie ihn auf. Machen Sie irgendwas mit dem Hund. Wenn uns niemand folgt, folgen *Sie* uns in einigem Abstand! Sie drückte mir die Leine in die Hand und reihte sich mit Ida in die Schlange für die Eintrittskarten ein. Der Hund zog an der Leine. Er trug keinen Beißkorb. Erst als sich Ida nach der Hohenembs mühsam durch das Drehkreuz gezwängt hatte – das Drehkreuz war zweimal steckengeblieben und ein Museumsmitarbeiter musste es händisch weiterdrehen – und die beiden nicht mehr zu sehen waren, gab der Hund auf und ließ sich von mir zu einer Bank führen. Aus den Augen, aus dem Sinn, das galt also auch für Hunde. Ich setzte mich, er legte sich neben meine Füße auf den Boden und gab keinen Laut mehr von sich. Sehr nervös schien er nicht zu sein. Mich fröstelte, obwohl ich einen langärmligen Pullover trug. Meine Gedanken kreisten wieder um meine Diät, und ich beschloss, nicht nur ein oder zwei Tage weiter zu fasten, sondern bis Ende der Woche. Ich hatte kein Hungergefühl und war überzeugt, dass noch drei bis vier Kilogramm, möglicherweise sogar fünf Kilogramm Gewichtsabnahme durchaus möglich wären. Danach würde mein normales Leben beginnen, ohne Hohenembs und Ida! Und obendrein wäre ich dünner. Was wohl Charlotte dazu sagen würde? Sie hatte sich nie etwas aus meinem Gewicht gemacht. Auch nicht aus ihrem eigenen. Für sie waren 50 Kilo wie 60, solche Zahlen hatten für sie keine Relevanz. Ich war enttäuscht, dass die Hohenembs kein Wort über meine Figur verloren hatte. Ein weiterer Grund, das Fasten nicht zu brechen. Ich zuckte zusammen, als der Hund in die Höhe sprang und auf den Eingang des Museums zulief, bis ihn seine Leine zurückschnellen ließ. Die Hohenembs und Ida flüchteten aus dem Museum, die Hohenembs hielt eine große Spritze in der Hand, hinter ihnen zwei Aufseher, die etwas schrien, das ich nicht verstand. Ich ließ den Hund von der Leine und er stürzte sich auf einen der Verfolger. Der andere blieb stehen und versuchte den Hund am Halsband von seinem Kollegen wegzuzerren. Der Hund hatte sich in einen Knöchel verbissen. Ida und die Hohenembs erreichten die Ringstraße und winkten den Taxis. Ein cab-artiges rosafarbenes Taxi mit Werbung für Mannerschnitten blieb stehen. Es war sicher der auffälligste Wagen, der in Wien zu finden war. Ich wartete, bis sie losfuhren, dann ging ich zu den Museumswärtern, schloss den Hund an die Leine und entschuldigte mich für das Tier, das so etwas noch nie gemacht hätte. Der Gebissene saß am Boden, fluchte, zog seinen Schuh aus und seinen Socken, man sah kleine Bissspuren, rote Punkte an der Oberfläche, der Hund hatte den Knöchel zum Glück nur festgehalten, nicht zerbissen. Der andere sprach in ein Handy, er rief Polizei und Rettung. Ich musste bleiben und mit auf die Polizeiwache kommen, dort wurde meine Aussage aufgenommen. Zum Glück verzichtete der Museumsangestellte auf eine Anzeige, die Wunde war nicht sehr tief, und für ihn stellte der Diebstahl, den er nicht verhindern konnte, die weitaus größere Katastrophe dar. Es hatte sich um das neueste Exponat gehandelt, die persönliche Kokainspritze von Kaiserin Sisi, die erst kürzlich aus einer Schweizer Privatsammlung in den Besitz des Museums gelangt war. Der Aufseher wurde noch an Ort und Stelle versorgt. Er bekam eine Tetanusspritze und einen blütenweißen Verband. Das Schlimme an der Sache war nur, dass die Polizei jetzt meine Personalien und die Plakettennummer vom Hund hatte, mit einem falschen, von mir erfundenen Namen, weil ich nicht gewusst hatte, wie er hieß. Sie ließen mich gehen, nachdem ich das Protokoll unterschrieben hatte, mit einer Verwarnung allerdings, dass der Hund, falls er sich noch einmal etwas zuschulden kommen lasse, von einem Amtstierarzt eingeschläfert würde, auf meine Kosten selbstverständlich und verbunden mit einer hohen Geldstrafe.

Ich lieferte den Hund bei der Hohenembs ab und ging nach Hause. Das Paar, das meine Wohnung besichtigt hatte, stand vor der Tür. Ich war noch am anderen Ende des Flurs.

Zum Umkehren war es zu spät, sie hatten mich gesehen und gingen langsam auf mich zu. Ich rührte mich nicht. Die Hausverwaltung hatte ich immer noch nicht erreicht. Sie legten jeder einen Arm um meine Schultern und drängten mich zur Eingangstür. Sie rochen nach Wirtshaus und Schweiß, nach kaltem Rauch. Ihre Lederjackenarme lagen schwer auf meinen Schultern. Los, sperren Sie auf. Der Mann warf die Tür hinter uns zu, die Frau ließ ihren Arm auf meiner Schulter liegen. Sie war einen Kopf größer als ich und trotz ihrer Schlaksigkeit ziemlich kräftig. Sie dirigierte mich ins Wohnzimmer und drückte mich auf das Sofa. Was wollen Sie?, fragte ich. Die Wohnung wird nicht frei, das habe ich Ihnen doch schon gesagt. Die Frau setzte sich neben mich, ihr rechter Oberschenkel berührte meinen linken. Der Mann ging auf und ab, hob wie die Hohenembs vor mehr als einer Woche Zeitungen und Wäschestücke auf, ließ sie wieder fallen, scharrte mit dem Fuß am Boden, als wollte er einen unsichtbaren Fleck verreiben, dann setzte er zum Sprechen an, Folgendes, uns interessiert nur die Wohnung. Nächste Woche am Dienstag sind Sie draußen, von Ihren Sachen können Sie mitnehmen, was Sie wollen. Wir kommen am Dienstag und übernehmen die Schlüssel. Wenn Sie nicht freiwillig gehen … müssen wir Ihnen Handschuhe anmessen. Er rieb sich ein Handgelenk. Seine Lederjacke spannte an den Schultern. Die Frau umfasste mit einem Arm meine Taille, sie hielt mich so fest, dass ich meine Rippen spürte. Ich schnappte unwillkürlich laut nach Luft. Es wird dann noch enger, sagte sie. Als sie gegangen waren, rief ich bei der Hausverwaltung an. Diesmal kam ich durch. Man wusste nichts von dem Gespräch mit einer Frau Savka, sie hätten keine Mitarbeiterin dieses Namens, ich müsse mich geirrt haben. Und solange ich nichts Schriftliches vorweisen könne, sei eine Verlängerung ohnehin nicht rechtskräftig. Mein Vertrag laufe aus, ich hätte mich nicht darum gekümmert, ihn zu verlängern, folglich werde die Wohnung anderweitig vermietet.

Zweites Buch

Ich wohne jetzt bei der Hohenembs. Sie hat mir ein kleines Zimmer in ihrer Wohnung zur Verfügung gestellt, ein Kabinett eigentlich, so klein ist es gar nicht, größer als das von Ida sogar. Es ist das Zimmer, in dem früher Luchenis Kopf stand. Ich richtete es mit einigen meiner Möbel ein. Mein Bett habe ich hier und mein Sofa, meinen Schreibtisch mit dem Computer und meinen Bürosessel. Für meine wenigen Kleidungsstücke benütze ich einen alten Schrank der Hohenembs. Ida hat ihn für mich ausgeräumt und mit einer übel riechenden Reinigungsmilch geputzt. Es dauerte beinahe zwei Wochen, bis der ätzende Mief verflogen war. In der Wohnung trägt sie tagsüber den weißen Arbeitskittel. Manchmal vergisst sie darauf, ihn beim Essen auszuziehen, und die Hohenembs klopft mit den Fingerknöcheln auf den Tisch und ruft: Ida! Den Mantel aus! Dann knöpft sie ihn auf, zieht ihn sich vom Leib, um ihn fünf Minuten später wieder anzuziehen, weil die Hohenembs so schnell mit dem Essen fertig geworden ist, und Ida abservieren muss. Ein paar Bücher habe ich hier und einen CD-Player. Es ist nur vorübergehend. Die Hohenembs hat mir eine neue Wohnung versprochen. Ein Bekannter von ihr, der Baron Wachtel, liegt in einer ihrer Wohnungen im Sterben. Der Baron ist 95 und bettlägrig, früher oder später wird die Immobilie frei, die über 200 Quadratmeter groß ist, mit Terrasse und Blick über die Stadt. Sie wird mir die Wohnung überschreiben, sie selbst hat keine Verwendung dafür. Am ersten Abend führte mich die Hohenembs in ihr Schlafzimmer, dort steht eine große Waage aus weiß lackiertem Gusseisen mit Goldrand von der Firma F. Russ, ein Stück aus dem vorletzten Jahrhundert, manche Ärzte und Apotheker verwenden solche Museumsstücke noch. Ich sollte mich draufstellen. Ida notierte mein Gewicht, 49 Kilogramm, in ein Journal, das sie eigens dafür anlegte. Ida wurde auch gewogen und am Schluss stellte sich die Hohenembs hinauf. Sie schob das Laufgewicht mehrmals hin und her und murmelte Unverständliches. Sie wog ebenfalls 49 Kilogramm, obwohl sie gut 15 Zentimeter größer ist als ich. Auch für die beiden gab es jeweils ein Heft, in das Ida sorgfältig die Zahlen eintrug. Zu meinem Gewicht äußerte sich die Hohenembs nicht, nur bei Ida schüttelte sie missbilligend den Kopf. Wenn das so mit dir weitergeht, Ida, wird das ein schlechtes Ende nehmen. Zeig mir dein Esstagebuch. Ida hielt ihr ein abgegriffenes Heft hin, das sie aus ihrem Kleid zog, die Hohenembs blätterte es durch, sie war nicht zufrieden. Ich glaube, du schreibst nur die Hälfte von dem auf, was du isst, sonst könntest du nicht so dick sein. Ida blickte zu Boden. Wahrscheinlich schrieb sie nicht einmal die Hälfte auf. Dieses Ritual wiederholt sich jeden Abend. Es erinnert mich an meinen Großvater, der über Jahre täglich Gewichtskurven angefertigt hatte. Ging die Kurve zu steil nach oben, weil er *gesündigt* hatte, wies er meine Großmutter an, einen Kartoffel- oder Sterztag einzulegen, den sie notgedrungen mitmachen musste. Sie selbst hatte sich Magengeschwüre eingehandelt, weil sie als 40-Jährige monatelang ausgepresste Zitronen auf nüchternen Magen getrunken hatte. Nach vier Schwangerschaften war sogar sie mit ihrer Figur unglücklich gewesen. Der Großvater fragte auch immer nach meinem Gewicht, pfiff durch die Zähne und machte ein fassungsloses Gesicht, wenn ich meine Kiloanzahl nannte, als ob ich 150 und nicht 55 gesagt hätte. Merkwürdig, dass sich ein Großvater für das Gewicht seiner Enkelin interessiert. Jahrelang quälte er mich mit Kommentaren zu meinem Aussehen. Dass ich mehr Gewicht hätte als meine Mutter, dass ich Fußballerwaden hätte, dicke Oberarme und *ordentlich Holz vor der Hütte*, während er meine Mutter (seine Tochter) als *schön schlank*, dann wieder als *zu mager* bezeichnete. Wir beide lagen aber nicht weit auseinander. Auch mein Essverhalten passte ihm nicht. Ich solle die Kartoffeln nicht in der Sauce zerdrücken, warum ich überhaupt das Fleisch zuerst und die zerquetschten Kartoffeln zum Schluss essen würde, wenn ich mir etwas nachnehmen wolle, dann gefälligst von allem und nicht nur von den Kartoffeln, mein Eis solle ich schneller essen, es schmelze ja schon, da könne ich es gleich mit Brot auftunken, wolle ich denn warten, bis sich Eis und Schlagobers zu einer *Suppe* vermischt hätten? Ich aß nie schnell genug, *die Mühle geht schon langsam*, oder, wenn ich etwas übrig ließ, meinte er, da waren *die Augen größer als der Magen*. Obwohl mein Großvater von den anderen zurechtgewiesen wurde, *Lass sie in Ruhe, sie kann essen wie sie will*, verleidete er mir den Mittagstisch. Es gab nichts Schöneres für mich, als wenn ich mein Essen selber aufwärmen musste und allein mit meinem Teller vor dem Fernseher am großelterlichen Esstisch sitzen durfte oder im Sommer in den Hof gehen konnte, zu meinen Geheimplätzen – ins Schachtellager oder auf das Baumhaus –, um dort zu essen, oder alleine in der verlassenen Küche. Die großväterliche Kontrolle fiel weg. Man konnte das Essen zerdrücken und vermischen und so langsam kauen wie man wollte. Man konnte den Teller auf den

Oberschenkeln balancieren. Der Teller konnte hinunterfallen. Man konnte alles aufessen oder die Hälfte wegwerfen. Ich aß immer alles auf. Es war die absolute Freiheit und das Gegenteil dessen, womit meine Mutter aufgewachsen war. Als Kind musste sie, wenn sie ihren Teller nicht leer gegessen hatte, stundenlang alleine im Esszimmer vor den kalten erstarrten Resten sitzen. Ihre Großmutter, die für die Familie kochte, zwang sie dazu. Im Esszimmer waren die Kohlen längst weitergerutscht, niemand hatte nachgelegt, und der Ofen war ausgegangen. Der Raum war so kalt wie das Geklumpe auf dem Teller. Die Großmutter kochte pampig. Sie schwitzte Gemüse in Mehl und Schweinefett an. Fleisch wurde nie von Fett, Knorpeln oder Flachsen befreit. Hatte man eine Flachse im Mund, durfte man sie nicht ausspucken: *Im Krieg wären wir froh darum gewesen.* Allenfalls durfte man sie, wenn man sie rechtzeitig erkannte und vom Fleisch abschnipselte, dem Großvater hinüberschieben, der dann gut gelaunt ausrief: *Ihr wisst ja gar nicht, was gut ist!*, sie sich demonstrativ in den Mund steckte und dazu ein Gesicht machte, als ob es sich um einen raren Leckerbissen handelte. Hatte meine Mutter trotz aller Vorsicht eine Flachse in den Mund bekommen, versuchte sie diese hinunterzuschlucken, aber die Flachse blieb ihr oft im Hals stecken, und da überkam sie ein Würgen, und sie lief hinaus in die Küche und spuckte den Bissen in den Mülleimer. Selbst wenn es ihr gelungen war, die Flachse zu schlucken, packte sie ein derartiges Grausen über das glitschige Hinunterrutschen, dass sie erst recht nicht weiteressen konnte. Irgendwann am Nachmittag kam das Dienstmädchen ins Esszimmer und befreite meine Mutter von dem ekligen Zeug, vor dem sie verstockt saß. Sie weinte aus Wut und Hass. Das Dienstmädchen kippte die Speisereste in den Kübel mit den

Abfällen, die für das Schwein bestimmt waren, und gab ihr einen Apfel. Am Vormittag kratzt der Hund an der Tür, wenn ich ihn hereinlasse, sieht er sich um, rümpft seine Hundenase, als suche er etwas und verlässt dann das Zimmer. Ich glaube, er sucht Luchenis Kopf, den er früher um diese Zeit angebellt hat. Aber er ist unbelehrbar, versucht es weiter. Ida war nicht begeistert, als ich einzog, Mein Zimmer bekommt sie nicht!, maulte sie die Hohenembs an. Die beiden Papageien in der Ecke äfften sie nach: Mein Zimmer bekommt sie nicht! Mein Zimmer bekommt sie nicht!, bis Ida ein gesticktes Zierkissen in ihre Richtung warf, das am Käfig abprallte, zu Boden fiel und vom Hund apportiert wurde. Die Papageien flatterten erschreckt auf, dann stellten sie sich wieder auf ihren Stangen zurecht und steckten beleidigt die Schnäbel ins Gefieder. Die Hohenembs zuckte mit keiner Wimper. Wie der Hund heißt, weiß ich bis heute nicht, vielleicht Lucheni. Meine übrigen Habseligkeiten, die ich hier nicht unterbringen konnte, habe ich in einem gemieteten Lagerraum deponiert, der nicht viel kostet. Ich wollte den Verbrechern, die mir meine Wohnung weggenommen hatten, keine einzige Tasse überlassen. Mehrmals versuchte ich Charlotte anzurufen, die ersten paar Male war besetzt oder ich kam gleich in die Mailbox, schließlich existierte die Nummer überhaupt nicht mehr. Ich versuchte es über die Auskunft, Charlotte war mit keiner Nummer gemeldet. Ich probierte es noch einige Male, es war leider kein Irrtum, Charlotte blieb unerreichbar.

*

Sie entwickelte eine beinahe mütterliche Sorgfalt, um meine Esslust zu zähmen, sie meinte immer, es schade mir enorm, wenn ich so viel esse. Mein édes szeretett angyalom hatte immer Bedenken, dass ich zu stark würde, und zeigte sich beeindruckt von meinem Gewicht, ich musste regelmäßige Wägungen über mich ergehen lassen. Aber ich hatte immer einen guten Appetit, und Essen war für mich unter allen Lebensumständen ein Stärkungsmittel, dem ich nicht entsagen konnte, auch wenn es nicht immer von erstklassiger Qualität war, und das frappierte sie am meisten, dass ich nicht sonderlich wählerisch war. Aber vor allem gegen den lästigen Kopfschmerz half mir essen zuverlässig.

*

Am Vormittag habe ich meistens frei, gegen 14 Uhr findet ein gemeinsames Mittagessen statt, von Ida zubereitet – mit viel Fleisch und wenig Gemüse, Salat gibt es so gut wie nie –, am Nachmittag lange Spaziergänge durch den Wienerwald oder die Praterauen. An drei Vormittagen in der Woche kommt ein Griechischlehrer, mit dem die Hohenembs Konversation macht, er ist klein und ein bisschen verwachsen, er betet die Hohenembs an wie eine griechische Göttin. So springt sie auch mit ihm um, und er lässt sich alles gefallen. Zum Essen bleibt er nicht, obwohl genug da wäre, Ida kocht immer zuviel. Ich habe den Eindruck, dass er jedes Mal auf eine Einladung seitens der Hohenembs hofft, wenn die Stunde beendet ist. Er schaut verträumt auf den Mittagstisch, den Ida inzwischen umständlich für drei Personen gedeckt hat, und steckt seine große Nase in die Luft. Mhhmm, riecht das fein, sagt er dann, Was gibt es denn heute Gutes? Niemand antwortet ihm, und träge, mit schleifenden Schritten und mehrmaligem sehnsüchtigem

Umblicken auf den gedeckten Tisch, macht er sich auf den Weg in Richtung Vorzimmer und Eingangstür, die er, ist er endlich draußen, mit einem Knall hinter sich zufallen lässt, sein einziges Aufbegehren gegen die schlechte Behandlung, das er nur wagt, weil er dann außer Reichweite ist. Einmal sprach ich die Hohenembs darauf an, sie gab mir keine Antwort. Dabei wäre ein wenig Abwechslung bei Tisch sehr angenehm. Die Hohenembs stochert auf ihrem Teller herum, schiebt Fleischstücke und Kartoffeln von einer Seite zur anderen, bis alles kalt wird, nimmt ein paar Bissen vom Fleisch, den Rest lässt sie stehen. Oder sie isst überhaupt nichts, trinkt nur rohen gewürzten Fleischsaft oder verrührtes gesalzenes Eiweiß von mehreren Eiern, im besten Fall Orangensaft, im schlimmsten Fall ein Glas Milch. Da mir vor weißen Milchprodukten ekelt, kann ich kaum hinsehen, wenn jemand welche zu sich nimmt. Als Kind hätte ich mit Milchtrinken Geld verdienen können, denn meine Eltern boten mir pro ausgetrunkenem Glas 5 Schilling an, aber ich brachte die unheimliche Flüssigkeit trotz kindlicher Geldgier nicht hinunter. Die weißen körnigen Schlieren, die im Glasinneren langsam und dickflüssig hinunterrinnen, am widerwärtigsten bei Buttermilch, drehen mir den Magen um. Nur beim Frühstück isst die Hohenembs mit normaler Geschwindigkeit, und Speisen, die einem nicht den Appetit verderben. Manchmal allerdings muss Ida englischen Porridge zubereiten, den ich ebenso wie reine Milch verabscheue. *It keeps you going*, versichert die Hohenembs ernsthaft, wenn sie mein Gesicht dazu sieht, das hat sie in England immer zu hören bekommen. Ida hingegen schlingt und schüttet bis zum Umfallen in sich hinein, umso schneller, wenn die Hohenembs nur ihre Flüssigkeiten trinkt, weil Ida jederzeit befürchten muss, dass die Hohenembs ihre Nahrungsaufnahme beendet. Ida hat die scheußliche Angewohnheit, das Essen noch ein, zwei Stunden lang wiederzukäuen, wenn sie sich unbeobachtet glaubt. Sie würgt einen Bissen zurück in den Mund und kaut darauf herum, schluckt ihn wieder. Wahrscheinlich kommt es von dem Zwang, bei Tisch so hastig essen zu müssen, weil sie sonst nicht genug kriegt. Manchmal wird sie von der Hohenembs dabei ertappt, die schreit dann: Ida!! Du machst schon wieder das Ekelhafte, hör sofort auf damit! Ida schluckt schuldbewusst hinunter mit abgewandtem Gesicht, macht aber weiter, sobald die allerhöchste Aufmerksamkeit nicht mehr auf sie gerichtet ist. Es erinnert mich an mein peinlichstes Erlebnis. Es ist mir peinlich vor mir selbst, nicht einmal Charlotte weiß davon. Was würde erst die Hohenembs dazu sagen! Ich hatte mir Spaghetti mit Sugo gekocht und gegessen, es war zu wenig gewesen und ich hatte so einen Heißhunger auf Weiteressen, egal was, es war nichts mehr da, was ich essen hätte können, da kotzte ich in den leeren Teller und aß die herausgewürgten, nun zerkleinerten Spaghetti noch einmal. Der Vorgang des Essens war nicht das Schlimmste, es war keine Magensäure dabei, es sah aus wie Spaghetti aus dem Glas für Kleinkinder, aber hinterher, als ich zum zweiten Mal, diesmal in die Toilette, erbrochen hatte, schämte ich mich so, dass ich krank wurde und tagelang überhaupt nichts aß. Später erfuhr ich, dass es in katholischen und staatlichen Erziehungsheimen der 1950er und 60er und sogar bis in die 70er-Jahre eine beliebte Strafmaßnahme gewesen war, die Kinder so lange vor ihren Tellern sitzen zu lassen, bis sie alles aufgegessen hatten, und wenn sie sich vor Ekel erbrachen, was nicht selten vorkam, weil das Essen in diesen Anstalten oft genug ungenießbar war, mussten sie eben die mit dem Erbrochenen vermischten

Reste essen. Der Teller musste unter allen Umständen leer sein. Ich war nie gezwungen worden, meinen Teller leer zu essen – meiner Mutter steckten all die Teller mit dem eiskalten Essen selbst noch zwischen den Knochen –, ich tat es freiwillig. Trotzdem weidete ich mich voll Selbstmitleid an dem Bild des Suppentellers, in den ich vor 20 Jahren gekotzt hatte. Ein weißer Suppenteller, Alltagsgeschirr, kein Feiertagsservice. Der Teller stand auf dem fleckigen und weichen Küchentischtuch, gemeinsam mit all den Dingen, die sich auf einem Küchentisch ansammeln: Salzstreuer, Pfeffermühle, gebrauchte Servietten, Zuckerdose, Zeitungen, Broschüren, Kugelschreiber, Notizblock, Beipacktexte von Medikamenten, Brösel. Unter Tränen und Schluchzen, würgend womöglich, so legte ich es mir in der Erinnerung immer dramatischer zurecht, hatte ich die Kotze ausgelöffelt. Immer öfter lasse ich mich von Ida mitreißen und fange an, mehr zu essen als ich eigentlich will, was mich in größte Schwierigkeiten bringt. Ich kann mich hier sehr schlecht übergeben, die Toilette liegt direkt neben dem Schlafzimmer der Hohenembs. Ich gelange nicht unbemerkt dorthin, ich muss durch den Wohnsalon und durchs Schlafzimmer der Hohenembs, vor allem in der Nacht ist das unangenehm. Die Papageien, deren Volière mit einem Tuch zugedeckt ist, dürfen nicht geweckt werden, sie werden sonst krank. Außerdem hat der Hund die Angewohnheit, einem auf Schritt und Tritt zu folgen, wenn er nicht gerade schläft. Die Hohenembs hat erlaubt, dass ich die Toilette jederzeit (genauso wie Ida) benützen darf. Hält sie sich nicht im Schlafzimmer auf, habe ich das Gefühl, sie könnte jeden Moment hereinplatzen, denn man kann die Toilettentür nicht zusperren, ist sie anwesend, fühle ich mich wie ein lästiger Eindringling. In der Nacht weiß ich nie, ob sich die

Hohenembs schlafend stellt und meine Geräusche belauscht, oder ob sie wirklich nichts hört, wie es ihr regelmäßig rasselnder Atem vermuten lässt. Wenn die Toilette von Ida besetzt ist, was man an einem Lichtstreifen unter der Tür erkennen kann, dann kehre ich zurück in mein Zimmer, horche an der Tür, bis ich Ida zurückkommen höre, und gehe wieder ins Schlafzimmer der Hohenembs, die von diesem Kommen und Gehen nichts bemerkt zu haben scheint, trotzdem traue ich ihr nicht. Manchmal warte ich über eine halbe Stunde, aber Ida kommt nicht zurück. Dann muss ich nachschauen, ob Ida tatsächlich in der Toilette ist oder nur vergessen hat, das Licht auszuschalten. Es kann natürlich sein, dass Ida das Licht absichtlich nicht ausgeschaltet hat, um mir auf diese Weise den Nachtschlaf zu rauben. Gesprochen wird bei Tisch kaum, Ida hat keine Zeit, da sie den Mund immer voll hat, und die Hohenembs ist in Gedanken versunken. Manchmal hört sie unvermittelt auf zu essen und schreibt Gedichte in ein schwarzes Notizheft. Wenn sie besonders gute Laune hat, deklamiert sie ausgewählte Stücke, und wir müssen unsere Meinung abgeben. Ida bewundert die Ergüsse, ich behaupte, mich mit Lyrik nicht auszukennen. Ihre Gedichte sind abgeschmackte Reimereien, in seltenen Fällen mit einem gewissen Biss und sogar Humor, sie zeugen von ihrer Verachtung gegenüber jedermann, sie glaubt sich außerdem von Heine inspiriert. Die Gedichte sind das Einzige, das sie selbst aufschreibt, alles andere wird Ida, oder immer öfter mir, diktiert. Ich muss, wie Ida, jederzeit ein Schreibheft bei mir haben. Meist sind es Einkaufslisten oder Anweisungen für kleine Aufträge, die wir dann später ausführen. Die Hohenembs wollte, dass ich wie Ida ein Esstagebuch führe, das lehnte ich ab. Vielleicht überlegen Sie es sich noch, meinte die Hohenembs und streckte mir ein Schreibbuch in DIN-A5 entgegen, ein italienisches mit dickem buntem Papier innen und kleinen Bildchen außen am Umschlag, Es ist wirklich eine große Hilfe. Ich habe unzählige Esstagebücher in meinem Leben geführt, Millionen von Kalorien an meinen Körper addiert und von ihm subtrahiert, ihn durchdividiert und multipliziert, alles nutzlos. Kein Gramm wog ich deswegen mehr oder weniger. Es verstärkte nur die Besessenheit der Gedanken an Essen, die ohnehin jede Zelle ausfüllt. Das Denken kreist nur noch um die nächste Mahlzeit, wie man die letzte Mahlzeit mit der nächsten wiedergutmachen kann (am besten ausfallen lassen), was man ab jetzt nicht mehr essen wird, oder, schon im Wahn verfangen, was man alles für das nächste Mal einkaufen wird. Das Esstagebuch der Hohenembs führt Ida. Ihr eigenes Esstagebuch fälscht sie ungeniert, nicht nur, dass sie weniger aufschreibt, als sie gegessen hat, wie die Hohenembs richtigerweise vermutet, sie schreibt ganz andere Sachen auf, wie Obst und Gemüse, Dinge, die Ida nicht anrührt, außer in sublimierter Form wie Marmelade oder in Essig eingelegt. Wegen der ungünstigen Toilettensituation musste ich mein altes System der Schraubgläser aktivieren, das ich als junges Mädchen angewandt habe. Ich erbreche mich in meinem Zimmer in große Schraubgläser, die ich im Kleiderschrank oder hinter den Bücherregalen verstecke. Schraubgläser waren schon früher meine Notkotzgefäße, Plastiktüten hatten sich nicht bewährt wegen der Geruchsentwicklung. An den Schraubgläsern konnte ich meine Schwäche ablesen, diese unappetitliche Schwäche, die sich als Glasinhalt in abgedämpften Schmutzfarben und mehreren Schichten manifestierte. Am schlimmsten ist es, wenn ich mich erbrechen will und kein Glas frei ist, was oft vorkommt. Ich habe noch nicht viele

Gläser gesammelt, es ist nicht einfach, sie unbemerkt aus Idas Küche zu entwenden. In meinem Kinderzimmer standen diese Gläser wochenlang und gärten vor sich hin, manchmal sprang der Deckel auf und die Gläser explodierten. Dann rann das gegorene Erbrochene auf Bücher oder zwischen die Kleidungsstücke. Oder ich kotzte in leere 500g-Joghurtbecher, die ich mit Alufolie und Gummiring verschloss, und versteckte sie am Dachboden unter staubigen Balken. Das war auch keine Lösung. Ich weiß nicht, was mit diesen Bechern passiert ist. Wahrscheinlich stehen sie heute noch dort, leer und modrig, weil Mäuse und Ratten sie ausgefressen haben. Wenn ich keine Methode finde, wie ich die Gläser unbemerkt ausleeren kann, werden sie ausrinnen und einen bestialischen Gestank verbreiten. Ich kann sie nur ausleeren, wenn ich alleine in der Wohnung bin, was bisher nur zweimal vorgekommen ist. Kaum hatte ich die Gläser in der Toilette ausgeleert, in der Küche gespült und wieder in meinem Zimmer versteckt, waren die beiden zurück, und der Hund schnüffelte interessiert an mir herum. Wegwerfen kann ich die Gläser nicht, da müsste ich ständig neue besorgen, das wäre zu auffällig, da Ida die leeren Schraubgläser zum Marmelade-Einkochen und Paprika-Einlegen benützt. Ich könnte welche kaufen, aber ich kann nichts unbemerkt in die Wohnung bringen, ich muss anläuten, wenn ich nach Hause komme. Die Hohenembs hatte mir von Anfang an eigene Schlüssel versprochen und Ida angewiesen, Tor- und Türschlüssel nachmachen zu lassen, aber Ida verschleppt die Ausführung dieses Auftrages, einmal ist der Besitzer des Schlüsseldienstes auf Urlaub oder er hat geänderte Öffnungszeiten, dann hat sie keine Zeit oder findet ihren eigenen Schlüssel nicht usw. Wie soll ich eine Einkaufstasche voll klirrender Gläser begründen? Ida würde annehmen, sie seien für ihre Einkocharbeiten. Wenn ich gar keine Möglichkeit habe, in der Wohnung zu kotzen, gehe ich um ein paar Häuserecken in den Park, warte, bis keine Leute in unmittelbarer Nähe sind und übergebe mich hinter einer Hecke. Ich vermeide es, zu meiner ehemaligen Wohnung hinüber zu sehen. Manchmal nehme ich unabsichtlich wahr, ob die Fenster geöffnet sind oder geschlossen oder die Jalousien heruntergelassen. Dann drehe ich schnell den Kopf weg und verlasse den Park. Oder ich gehe in die Toilette einer Eisdiele. Zur Tarnung kaufe ich danach ein Eis, das ich draußen wegwerfe, bevor ich in Versuchung komme, es zu essen. Leider herrscht in meinem Zimmer wieder der Geruch. Früher beherrschte dieser säuerliche Geruch mein Kinderzimmer, ich war ständig mit ihm umgeben, lebte in ihm. Meine Mutter und mein Vater verzogen das Gesicht, wenn sie mein Zimmer betraten. Sie mussten nichts sagen, ich sah an ihrem Blick, dass sie es rochen, wenn ich aus der Toilette oder dem Bad kam, oder von einem Spaziergang, den ich gemacht hatte, um mich hinter einem Busch zu erbrechen. Der stechende Geruch hing an meinem Körper fest. Er hing an meinen Kleidern, meinen Haaren, er muss einem förmlich entgegengesprungen sein. Der Geruch nach gegorenem Erbrochenen wird mich mein Leben lang verfolgen. Ich rieche ihn spontan an den unmöglichsten Orten. Ich brauche nur irgendwo ein mageres Mädchen zu sehen – und ich sehe überall welche, sie wachsen wie dürre Pilze aus dem Boden – und ich habe den Geruch wieder in der Nase. An den Samstagnachmittagen gehen wir immer in ein Wettcafé, die Hohenembs sieht sich Pferde- und Hunderennen an und schließt komplizierte Wetten ab. Manchmal rät Ida ihr von einer Wette ab, das hindert sie jedoch nicht, diese abzuschließen. Meistens behält Ida Recht. Obwohl sich die Hohenembs kein Rennen entgehen lässt und die Tiere inzwischen kennen müsste, hält sich ihr Wettglück in Grenzen. Ich setze manchmal auf ein Pferd, dessen Namen mir gefällt oder auf einen Windhund, dessen Stirnfransen besonders lang sind oder dessen Augen besonders traurig schauen. Ich habe noch weniger Glück als die Hohenembs. Noch keine einzige Wette habe ich gewonnen. Während der Rennen quält uns die Hohenembs mit Erzählungen aus der Zeit, als sie selbst noch geritten ist, sie war eine der besten Parforce-Reiterinnen in ganz Europa, behauptet sie, und nur wenige Männer konnten ihr das Wasser reichen, diese dafür blieben ganz nahe an ihrer Seite, folgten ihr wie Delphine dem Schiff. Ihre Jagden in Ungarn und England, später in Irland, seien legendär gewesen, die Königin hinter der Meute, so war sie von den englischen Gazetten genannt worden. Lagen die Hälfte der Jagdteilnehmer abgeworfen im Graben und mussten ihre Pferde erschießen, weil sie sich die Beine gebrochen oder den Bauch aufgeschlitzt hatten, war sie längst über alle Hindernisse hinweg gespritzt. Und das im unbequemen Damensattel, in dem sie die offiziellen Jagden bestritt, mit den unbequemen Röcken. Wenn sie alleine ritt oder mit ihrer Nichte, habe sie den Herrensattel benutzt und Herrenkleidung getragen, das sei ungleich bequemer gewesen und ganz ein anderes Gefühl hätte sich eingestellt. Manchmal habe sie überhaupt auf einen Sattel verzichtet. Das sei erst das wahre Glück gewesen. Sie wissen schon! Angebetet sei sie von allen bekannten Sportsreitern worden, ob in Ungarn oder England, überall sei man ihr zu Füßen gelegen. Besonders die Iren waren ihr zugetan, noch heute spreche man dort von ihr. Als geheimnisvolle Reiterfee, um die sich Legenden ranken, sei sie dem irischen Volk im Gedächtnis geblieben. Von der Sonne und vom Wind war sie braungebrannt wie ein Hase, das Gesicht voller Sommersprossen. Die zitternden und schäumenden Pferde, die Jäger in den roten Röcken, die Kinder auf den Ponys und die braungefleckten englischen Hunde. Die grünen Wiesen. So ein Grün gäbe es bei uns ja gar nicht. Überhaupt die englischen Parkanlagen, die irischen Wälder. Ja, das seien noch Zeiten gewesen. Ebenso führte sie in den Manegen, die sie sich bauen ließ, artistische Reiterkunststückchen auf, da sei sie ganz ihrem Vater nachgeraten, ihre Ausbildnerin sei die berühmte Zirkusreiterin Elise Renz gewesen. Und, stellen Sie sich das vor, von einem Tag auf den anderen war es aus. Plötzlich und ohne jeden Grund verlor ich den Mut, und ich, die ich noch gestern jeder Gefahr spottete, erblickte eine solche in jedem Busche und konnte mich von ihrem Schreckbilde nicht mehr befreien! Wo doch das Reiten so gut für die Figur ist, das hat sogar Flaubert gesagt. So prahlt sie während der langen Samstagnachmittage im düsteren und klimaanlagengekühlten Wettcafé vor sich hin. Hier kennt man uns, der Kellner serviert unaufgefordert zwei Soda Himbeer (für Ida und mich) und ein Soda Zitron (für die Hohenembs). Nach dem Wettcafé besuchen wir eine Konditorei, dazu müssen wir quer durch die Stadt fahren, denn diese spezielle Konditorei ist die einzige in Wien, die Veilcheneis nach einem alten Triestiner Rezept führt, das ist das einzige Eis, das die Hohenembs isst. Es hat eine leicht euphorisierende Wirkung. Wir essen drei große Portionen, und die Hohenembs lässt sich noch einen Liter für zu Hause mitgeben. Mehr ist nicht möglich, im Tiefkühlfach verdirbt es nach zwei Tagen. Berauscht sitzen Ida und ich nebeneinander in der Straßenbahn. Die Hohenembs, die in der Straßenbahn prinzipiell steht, blickt aus dem Fenster und kichert hinter vorgehaltener Hand, Ida würgt ihr Eis zurück in den Mund und träumt wahrscheinlich von Korfu. Sie muss sich in ihrer Jugend auf irgendetwas eingelassen haben, was die Hohenembs schamlos ausnützt. Ich werde nur eine kurze Zeit hier verbringen, dann werde ich gehen, und sie wird mich nicht daran hindern, spätestens wenn dieser Baron Wachtel gestorben ist. Dann muss sie mir die Wohnung geben. Ich bin sicher, dass sie damals am Telefon gelogen hat, als sie meinte, sie wüsste, wie sie Ida und sich aus der Sache heraushalten könne. Wenn ich der Polizei einen Hinweis geben würde, bekämen die beiden genug Schwierigkeiten. Allerdings würden sie mich mit hineinziehen. Ich muss also ausharren. Ich erhalte ein kleines Taschengeld von ihr, mein Konto ist gesperrt. Meine einzigen Ausgaben sind die Miete für den Lagerraum und die Kosten für mein heimliches Essen. Das bringe ich mit Mühe zusammen. Und das nur, weil ich die Münzsammlung, die ich im Vorzimmerschrank fand, in der Bank eintauschte. Es mussten die Münzen gewesen sein, von denen die Hohenembs damals im Prater gesprochen hatte. Ihr erstes und einziges selbst verdientes Geld. Das Münzalbum sah so verstaubt und vergessen aus, dass ich hoffte, sein Fehlen würde nicht bemerkt werden. Ist es auch nicht, bis jetzt wenigstens. Die Fastenkur musste ich abbrechen. Essen und mich übergeben ist das Einzige, was mich mit meiner Vergangenheit verbindet. An den Fenstern der Straßenbahn ziehen die Ringstraßen-Palais vorbei, diese klobigen Prachtgebäude aus der Gründerzeit. Ein trübsinniger Abend zeichnet sich ab. Wenn die Wirkung des Veilcheneises nachgelassen hat, wird sich die Hohenembs von Ida mit der Spritze aus dem Museum einen Schuss Kokain geben lassen – zu medizinischen Zwecken, wie sie behauptet –, Ida wird zu ihrer Schnapsflasche greifen, und ich werde meine zwei

500g-Säcke mit zartbitteren Mignonschnitten, die ich gehortet habe, verbrauchen. Die Papageien werden zugedeckt und der Hund wird schlafen.

*

Was unternahm mein szeretett angyalom nicht alles, um seine Linie zu halten, das ganze Leben lang war mein Engel auf der Suche nach der idealen Abmagerungskur: Sie gebrauchte Seewasserkuren, Stahlbäder, Heubäder, Schwitz- und Hungerkuren, Massagekuren, Sonnenätherkuren, Sandkuren, Dampfbäder. Von den verschiedenen Esskuren gar nicht zu reden: Orangenkuren, Traubenkuren, Milchkuren, Fleischsaftkuren und was alles noch. Sie ließ in der Villa Hermes zwei Badekabinen bauen, eine für sich und eine für Katharina Schratt, die Freundin, in der sie beide »geröstet oder abgebrannt« werden sollten, wie der Kaiser mit Entsetzen befürchtete. Und das alles, um die endgültige Entfettung voranzutreiben. Für ihn war das alles Unsinn, und er war froh, dass die »medizinischen Experimente«, wie er diese Kuren nannte, weder bei der einen noch bei der anderen einen besonderen Schaden anrichteten. Er fungierte als Bote zwischen ihr und der Schratt, denn meine Blume interessierte sich ganz genau für die Kilos und Dekas, die die Schratt abnahm, während er sich sorgte, dass seine Freundin zu mager würde, dass sie von der Kaiserin mit ins Hunger-Verderben gerissen würde. Die Freundin jedoch hielt es nie lange aus, sie konnte sich mit meiner schlanken Taube nicht messen, blieb zeit ihres Lebens eine dralle Frauensperson, bei deren Korsett alle Fugen krachten.

*

Vor ein paar Tagen musste Ida mich anlernen, der Hohenembs ihre Spritze zu geben. Die Hohenembs will nicht mehr von Ida gespritzt werden, weil ihre Hände angeblich zittern, was mir noch nicht aufgefallen ist. Ida wehrte sich, sie behauptete, egal wie sehr sie zittere, das Spritzen beherrsche sie im Schlaf. Es half nichts. Sie musste es mir zeigen und ich musste es versuchen. Mein erster Stich verursachte ein Chaos, ich stach in die von Ida abgebundene Vene der Hohenembs, aber zu zaghaft, die Nadel rutschte ab und Blut quoll aus der Armbeuge. Gleichzeitig hatte ich durch den Schrecken das gesamte Kokain aus der Spritze gedrückt, das sich auf den Parkettboden ergossen hatte und das der Hund bis auf den letzten Tropfen aufschleckte. Die Hohenembs biss die Zähne zusammen und wies Ida an, eine neue Spritze aufzuziehen. Ida band den anderen Arm ab. Diesmal gelang es mir tatsächlich, die Nadel in die Vene zu stoßen, nur vergaß ich, die Flüssigkeit herunterzudrücken. Nun machen Sie schon!, rief die Hohenembs, und Ida knurrte, Sie werden es nie lernen! Nun machen Sie schon!, kreischten auch die Papageien im Chor, und ich presste den Kolben der Spritze hinunter, und die Hohenembs bekam ihr Kokain. Ich zog die Nadel heraus, zu brutal, und riss ein Stückchen blasse Haut mit. Die Hohenembs schrie, Sind Sie verrückt? Ich hatte beim Herausziehen keinen Wattebausch auf die Einstichstelle gedrückt, so dass bald ein blauer Fleck entstand, obwohl Ida die ganze Zeit ein Säckchen mit sterilisierter Watte bereit gehalten hatte. Sie haben es ja so gewollt, klagte Ida die Hohenembs an, während sie das Gummiband löste, mit dem sie den mageren Arm abgebunden hatte, und jeweils ein Pflaster auf beide Einstichstellen applizierte. Sie wird es schon noch lernen, antwortete die Hohenembs. Du hast dich auch nicht besser angestellt beim ersten Mal. Sie schob ihre Ärmel hinunter und streckte sie Ida hin, damit diese die Knöpfe schließen konnte. Ich hielt immer noch die Spritze in der Hand. Sie erschien mir viel zu klobig für einen Menschen. Ida wies mich an, die Nadel zu reinigen und die Spritze zurück in ihr Etui zu legen. Die Hohenembs bemerkte, dass ein Blutfleck auf meinem T-Shirt war, und schlug mir vor, tagsüber einen Arbeitsmantel zu tragen, so wie Ida, das sei praktischer. Ich lehnte ab, das sei nicht nötig. Und wer bezahlt das Waschmittel?, platzte die Hohenembs heraus. Ich, natürlich, ich, ich, ich. Die feine Dame patzt sich an, und ich darf das Waschmittel bezahlen, weil die feine Dame sich zu schade ist für einen Arbeitsmantel! Ich war völlig perplex. Das war das erste Mal, dass sie mich angeschrien hatte. Über das verschüttete Kokain hatte sie kein Wort verloren, und jetzt dieser Ausbruch wegen ein bisschen Waschpulver. Arbeitsmantel, Arbeitsmantel, krächzte es aus der Ecke des Papageienkäfigs, und der Hund fing an zu bellen und wie verrückt um den Tisch herum zu rasen, das Kokain begann zu wirken. Dann bezahle ich das Waschmittel eben selbst, antwortete ich, Arbeitsmantel trage ich keinen. Ida pfiff durch die Zähne, ihr rundes Gesicht sah entspannt und friedlich aus, wahrscheinlich war es ihr nur recht, die Einzige im Arbeitsmantel zu bleiben. Dann gehen Sie gleich und kaufen eines, sagte die Hohenembs, wandte sich um und ging in ihr Schlafzimmer, der Hund folgte ihr mit gesträubtem Fell. Ich kaufte die größte Waschmittelschachtel, die ich finden konnte, und bei der Gelegenheit gleich Lebensmittel für mein heimliches Essen. Als ich zurückkam, öffnete mir Ida die Wohnungstür. Was haben Sie da Schönes gekauft, fragte sie neugierig. Ich drückte ihr die Schachtel mit dem Waschmittel in die Hand und fragte sie, wann ich endlich meine

Schlüssel bekäme. Der Schlosser hat Betriebsurlaub, sagte sie frech. Vor zwei Wochen waren es die Sommerferien gewesen. Es muss doch noch andere Schlosser geben, wandte ich ein. Wegen Ihnen fahre ich doch nicht quer durch die Stadt, rief sie. Geben Sie mir die Schlüssel, mir macht es nichts aus, quer durch die Stadt zu fahren. Erlauben, stöhnte sie, Das fehlte gerade noch! Damit ich dasitze ohne Schlüssel! Sie verstaute den Schlüsselbund, der sonst im Türschloss steckt, in ihrem Arbeitskittel und ging mit dem Waschpulver weg. In meinem Zimmer packte ich die Lebensmittel aus und schlichtete sie in den Kasten. Ich schob die Packungen wie Bauklötze hin und her, gruppierte alles um, wieder und wieder, damit sie die ideale Position einnahmen, ganz so, als würde ich sie nicht bei nächster Gelegenheit auf unordentliche Weise verschlingen.

*

Auf Reisen musste ich beständig Speisezettel kopieren und dem Kaiser schicken, die beiden ließen sich von jedem Diner, an dem sie getrennt teilnahmen, die Menüliste senden, besonders den Kaiser interessierten die Speisen, die es anderswo gab. Er war ein großer Esser vor dem Herrn, sein Appetit wurde durch kein Unglück, war es noch so tragisch, geschmälert. Es war mir ein Vergnügen, diese Listen abzuschreiben, so kam ich wenigstens in den Genuss, mir die Nahrung vorzustellen, die meine édes lelkem zu sich genommen hatte. Ich führte auch Journale für sie, ihr Gewicht musste täglich notiert werden, während ihrer Kuren musste alles aufgeschrieben werden, was sie zu sich nahm. Sie war darin eine rechte Krämerseele.

*

Der Ausflug ins Habsburgische Hofmobiliendepot brachte einen Gedenkparavent ein, in den Fotos und Bilder wichtiger Stationen von Kaiserin Elisabeths Leben eingelassen sind. Er stammte aus dem Nachlass einer Enkelin der Kaiserin, Erzsi, die als die *Rote Erzherzogin* bekannt geworden war, sie hatte sich mit einem Sozialisten verheiratet. Die Hohenembs war außer sich, als sie das Stück sah, sie hatte von dessen Existenz nichts gewusst. Sie umrundete den Paravent und stieß Entzückensschreie aus, wenn sie etwas Interessantes entdeckte. Obwohl viele der Fotos auch bei ihr im Salon standen, wollte sie das Museum nicht ohne den Paravent verlassen. Dabei ließ sie ihren ursprünglichen Plan fallen, nämlich die Sonderausstellung zu den Sissi-Filmen zu sabotieren, bzw. von Ida und mir sabotieren zu lassen. Die Ausstellung bestand aus mehreren Räumen, in denen Originalmöbel von Sisis Jugendzimmer ausgestellt waren, die später als Kulisse für die Sissi-Filme gedient hatten. Ein, zwei Kleider, Filmscheinwerfer, Regiesessel mit dem Namen des Regisseurs, und dazwischen Filmplakate von Romy Schneider und Karl-Heinz Böhm, Schautafeln mit Romy Schneiders Filmographie, Fotos ihrer Mutter Magda Schneider und des Vaters Wolf Albach-Retty. Drei Beamer warfen einen sich wiederholenden Ausschnitt aus den drei Sissi-Filmen an die Wand, in verschiedenen Sprachen. Die erste Szene spielte im Schloss Schönbrunn, die frisch verheiratete Sissi bringt ihrem Franzl einen Rosenstrauß und beklagt sich, dass er immerzu am Schreibtisch sitzt und arbeitet, statt sich um seine junge Frau zu kümmern. Franzl ist verlegen, freut sich über die Blumen, kann aber nichts machen, denn die Akten stapeln sich, und von den Dienern werden immerzu neue Schriftstücke herangekarrt. Der zweite Ausschnitt zeigte, wie Sissis Schwiegermutter in einem kehligen Spanisch einer Hofdame befiehlt, Sissis Tagebuch aus dem Schreibtisch zu entwenden und ihr auszuhändigen, und in der dritten sitzen Sissi und Franzl auf ihren Thronen und bereden hektisch irgendeine wichtige Sache in perfektem Italienisch. Wir hätten Sand in die Beamer streuen und die Plakate bekritzeln sollen. Sand und Leuchtstifte trug Ida in ihrem neuen Rucksack. Gegen diese Filme und das frisch-rosige Gesicht der Romy Schneider komme man ohnehin nicht an, meinte die Hohenembs. Auch müsse man der Schauspielerin zugute halten, dass sie sich später von diesem Kitsch distanziert und sich ausgerechnet im revolutionären Frankreich ein völlig anderes Rollenfach aufgebaut hatte. Sie war noch jung und stand unter dem Einfluss ihrer Mutter, da könne man schon Dinge machen, die man später bereue. Wie hätte sie sich auflehnen sollen. Hineingeboren in eine Schauspielerfamilie, die ihr von Kind an die Rollen vorgab, die sie zu spielen hatte. Da gäbe es Parallelen zur Kaiserin. Als kleine Herzogin dazu bestimmt, in ein europäisches Königshaus einzuheiraten, war ein Kaiser ein besonderer Glückstreffer, noch dazu ein junger, hübscher, mit dem man verwandt war. Man hätte es viel schlechter treffen können, so wie ihre Schwestern. Die geplatzte Verlobung mit dem Bayernkönig Ludwig, der mit seiner theatralen Veranlagung für sein Amt denkbar ungeeignet war, ein impotenter Gatte, die Vertreibung aus dem Königreich Neapel-Sizilien, ein außereheliches Kind, ein früh verstorbener Ehemann. Das alles war ihr erspart geblieben. Später sei sie vor den lästigen Repräsentationspflichten geflohen und hätte sich für eine damalige Monarchin ein ungewöhnlich selbstbestimmtes Leben außerhalb des Hofzeremoniells erkämpft und sich nicht um die Meinung der Schranzen und des Volkes gekümmert, so wie Romy Schneider sich ab einem gewissen Zeitpunkt von ihrer Mutter frei gemacht und sich nicht mehr um die Meinung ihrer Entourage und des Publikums gekümmert habe und weitere, schon längst geplante Fortsetzungen des Stoffes ablehnte. Das müsse man anerkennen, außerdem sprach ihre unkonventionelle Schönheit für sie, auch die Kaiserin hatte nicht dem damaligen Schönheitsideal entsprochen, dennoch war sie unbestritten eine *Stilikone*, wie man heute sagen würde, so wie Romy Schneider für moderne Sapphos ein Idol sei. Romy Schneider blieb also verschont, und wir mussten improvisieren. Da wir die einzigen Besucher des Museums waren, gelang es Ida und mir, den Paravent ungestört zusammenzuklappen und ihn aus den Ausstellungsräumen zu schaffen. Kein Alarm ging los. Die Hohenembs zeigte der Kassierin, an der wir vorbei mussten, ein Papier und behauptete, das Holz des Paravents müsse ausgebessert werden, woraufhin diese zum Telefon griff und mit jemandem Rücksprache hielt, der offensichtlich seine Einwilligung gab. Die Kassierin füllte ein Formular aus, das die Hohenembs unterschrieb. Sie kaufte noch die im Sonderangebot stehende Videobox mit den drei Sissi-Filmen und eine Dreierpackung mit unterschiedlichen Sisi-Motiven, und wir trugen hochoffiziell den Paravent aus dem Museum. Jetzt steht er im Schlafzimmer der Hohenembs, vor ihrem Bett, was zu einer deutlichen Verbesserung der nächtlichen Toilettensituation geführt hat.

*

Bei der großen Wiener Weltausstellung, die jahrelange Vorbereitungen in Anspruch genommen hatte und dann sechs Monate dauerte, glänzte sie vor allem durch Abwesenheit. Nicht wenige Mitglieder aus den europäischen Königshäusern waren einzig und allein gekommen, um sie zu sehen und wurden bitter enttäuscht. Die gesamte Kaiserfamilie war rund um die Uhr mit Repräsentationsaufgaben, mit der »Hetze«, beschäftigt. Mein kedvesem schützte immer wieder die stille Woche oder andere Unpässlichkeiten vor und ließ sich selten »ins Geschirr spannen«. Dass dann noch die Nachricht vom Ausbruch der Cholera die ganze Stadt beunruhigte, spielte ihr weiter in die Hände. Nur für den Schah von Persien brach sie ihre Sommerfrische in Payerbach ab, denn er drohte, erst dann wieder abzureisen, wenn ihm meine Blume persönlich vorgestellt worden war, und besetzte ungeniert die ihm zur Verfügung gestellten Räume in Laxenburg. »Der Mittelpunkt des Weltalls« war überhaupt ein schwieriger Gast. In seinen Appartements mussten Kochherde, Schlachtbänke und Feuerstellen für die riesigen Rauchpfeifen installiert werden, Lämmer mussten im Salon vor seinen Augen abgestochen und gebraten werden, worunter natürlich die Parkettböden litten. Ein eigener Hühnerstall wurde eingerichtet, denn er pflegte persönlich bei Sonnenaufgang drei Hühner zu schlachten. Er kam oft Stunden zu spät zu den Galadiners oder Eröffnungen, weil sein Astrologe wegen ungünstiger Sternenkonstellation davon abgeraten und eine andere Stunde empfohlen hatte. Und als er endlich vor ihr stand, war sein Entzücken so groß, dass er vor allen Anwesenden ausrief: Ah, qu'elle est belle! Am nächsten Tag war er zu unser aller Erleichterung so gnädig abzureisen.

*

Ein paar Tage nach dem Besuch im Hofmobiliendepot steckte mir die Hohenembs einen Flyer für einen Sommerball zu. Darin wurden alle Sisi-Begeisterten aufgefordert, in einer historischen Sisi-Kleidern nachempfundenen Robe zu erscheinen, der Ball stand unter dem Motto *Sisi für eine Nacht*. Um Mitternacht gebe es eine Wahl zur Miss Sisi 2007. Die Siegerin werde mit Original Wiener Veilchenpralinen aufgewogen. Die Pralinen holen wir uns, kicherte die Hohenembs hinter vorgehaltener Hand. Dann kniff sie die Augenbrauen zusammen und meinte grimmig, Außerdem müssen wir verhindern, dass eine dieser nachgemachten Sisis gewinnt. Ich kann mir lebhaft vorstellen, wie geschmacklos die Dämchen auftreten werden. Leider bin ich selbst zu alt, bei Ihnen geht es noch. Wie üblich fragte sie nicht nach meiner Meinung. Sie begann ihren Kleiderschrank zu durchwühlen und fand tatsächlich ein Kleid für mich, das ich als Kaiserin Sisi tragen sollte. Ein weißes, mit goldenem Sternenflitter übersätes Ballkleid, dazu eine durchsichtige Tüllschärpe. Sie ließ es mich gleich probieren, ich passte nicht hinein, zu lang war es außerdem. Wie klein Sie sind, rief die Hohenembs, als ob sie es zum ersten Mal bemerken würde, und, Zum Abnehmen ist keine Zeit mehr, Ida wird es an der Taille etwas auslassen und unten aufnähen. Ein Korsett ist sinnlos bei Ihnen, man muss jahrelang geschnürt werden, um eine anständige Taille hinzubekommen. Sie kramte weiter in ihrem Kasten und zog cremefarbene Schuhe aus changierendem Satin mit geschwungenen Absätzen hervor. Die Papageien wanderten auf ihren Stangen hin und her und beäugten mich mit ihren Stecknadelaugen, hielten aber den Schnabel. Am selben Nachmittag nahm Ida die Änderungen am Kleid vor, während meine Füße in den Schuhen anschwollen. Ida verfluchte mich, bis endlich das Kleid passte. Ich schwor mir abzunehmen, auch wenn die Hohenembs behauptete, es sei zu spät. Dazu war es nie zu spät, ein, zwei Kilo waren immer möglich, vor allem am Bauch. Ich dachte an meine 35 Kilo, die ich einmal hatte, und dass ich dieses Gewicht jederzeit erreichen könne, wenn ich nur wolle. Aber ich wollte nicht, ich war vernünftig. Ich strengte mich an, all das Fleisch und Fett an meinen Knochen zu ertragen. Es war gesünder, 50 Kilogramm zu haben als 35. Ich wusste es, fühlte es aber nicht, mein Körper fühlte es nicht. Er fühlte nur Bleigewichte, die ihn niederdrückten. Auch der Gedanke an die Pralinen bedrückte mich, die Vorstellung, rund 50 Kilo Schokolade in der Wohnung zu haben, war selbst mir zu viel. Das ist kein Vorrat, den man sich wünscht. Auch den Saum der Puffärmel musste Ida weiter machen, sie schnitten an den Armen ein. Die Ärmel waren danach immer noch zu eng, aber Ida weigerte sich, sie noch einmal zu ändern. Sie ging in die Küche und ließ mich in dem Kleid stehen, aus dem ich alleine nicht herauskonnte. Ich setzte mich vorsichtig auf einen Sessel und hielt den Hund davon ab, mit seiner Schnauze unter dem bauschigen Rockteil herumzuschnüffeln. Die Hohenembs kam herein und scheuchte ihn weg. Was sitzen Sie da in dem Kleid herum und zerknittern es. Dazu habe ich es Ihnen nicht anpassen lassen! Ich warte auf Ida, alleine kann ich es nicht ausziehen, antwortete ich. Ida!, rief sie. Hilf ihr aus dem Kleid, rasch, rasch! Ida kam, etwas im Mund kauend, in den Salon geschlurft und half mir, mich aus dem Kleid zu schälen. Sie roch nach Speck, der sicher nicht in ihrem Esstagebuch aufscheinen würde. Keine Sekunde Ruhe hat man in diesem Haushalt, nörgelte sie und zupfte am Stoff, um ihn mir über den Kopf zu ziehen. Das Kleid und die Schuhe wurden wieder im Schrank verstaut. Bis zum Fest, es waren nur zwei Tage, ernährte ich mich flüssig wie die Hohenembs, nur Ida ließ sich nicht den Appetit verderben. Am Nachmittag des großen Ereignisses konnte ich mich nur kurz duschen, weil die Hohenembs stundenlang gemeinsam mit Ida das Badezimmer besetzt hatte. Sie trugen beide schwarze Seidenkleider. Ich freute mich auf den Ball und konnte es kaum erwarten, endlich unter Leute zu kommen. Ich wollte tanzen, trinken, vielleicht irgendwen küssen, alles vergessen. Vielleicht würde ich Charlotte treffen, dachte ich in einem wahnwitzigen Moment. Sie würde niemals so eine Veranstaltung besuchen. Ich wäre selbst nie auf die Idee gekommen, mich als Sisi-Lookalike einer Miss-Wahl zu stellen. Sie hatten mich so weit gebracht, dass ich mich aus eigenem Antrieb danach sehnte und mich bereits als gefeierte Ballkönigin sah. Ich dachte an Flucht und hoffte, dass mich jemand – Charlotte! – entführen und von der Hohenembs befreien würde. Mit Idas Hilfe zog ich das Kleid an und musste mich danach im Schlafzimmer der Hohenembs vor die Frisierkommode setzen, damit Ida mir die Haare richten konnte. Sie kämmte mich mit groben Bürstenstrichen und flocht mir zwei einfache Zöpfe, die mir links und rechts herunterhingen, meine Haare waren nicht lange genug, um sie kompliziert um den Kopf zu wickeln, so wie man es auf den Kopien von Sisis Fotos sah. Die Hohenembs nahm eine Handvoll mit Strass besetzte Sterne aus einer Schachtel und steckte sie in meinen Zöpfen fest. Sie trat einen Schritt zurück, betrachtete ihr Werk, Großartig, die Pralinen gehören uns, rief sie aus, Was sagst du, Ida? Ida nickte. Sie trägt am besten keinen Schmuck und keine Schminke, meinte die Hohenembs. Damit wird sie sich von den ganzen Kitsch-Sisis abheben. Die Kaiserin ließ sich nie anmalen und für Geschmeide hatte sie auch nicht viel übrig. Ich war selbst überrascht, meine hängenden Zöpfe stimmten zwar nicht mit den klassischen Frisuren von Sisi überein – damals waren offensichtlich Steckfrisuren vorgeschrieben –, dennoch war der Gesamteindruck durchaus ähnlich. Es lag am Kleid und den Strass-Sternen, und ich hatte dieselbe Haarfarbe und war ebenso blass wie Sisi auf den Bildern, und das im Sommer.

*

Einmal ließ sie die neueste Ofener Zirkusattraktion nach Gödöllö bringen, zwei zusammengewachsene Negermädchen. Der Kaiser wollte die armen Kreaturen nicht einmal anschauen, so sehr schauderte ihn. Den Tanzbären, den einmal ein Gaukler während einer ihrer Sommerfrischen in ihr Domizil brachte – ihre Neigung zu solchen Attraktionen war landesweit bekannt und zog alle möglichen Subjekte an –, und mit dem wir uns köstlich unterhielten, den sie fütterte und streichelte und veranlasste, in einen See zu springen, bekam sie trotz eindringlicher Bitten vom Kaiser nicht geschenkt, ihm waren diese Sensationen nicht geheuer. In Meran ließ sie die vier Zentner schwere Riesin Eugenie, die dort in einer Schaubude ausgestellt war, in einem Wagen abholen und zu Besichtigungszwecken in ihre Residenz bringen. In Verona besuchte sie das Negererziehungsinstitut, eine Missionsschule, in der die armen Neger, die man freigekauft hatte, unterrichtet wurden und in die Missionen nach Afrika geschickt, damit sie dort mit ihren Brüdern und Schwestern zu unser aller Herrgott beteten. Jahre später mussten wir den Negerzwerg Rustimo als Spielgefährten ihrer jüngsten Tochter ertragen. Sie ließ ihn taufen, auf den Namen des Kronprinzen! Er stand sogar Pate für ihn. Schrecklich, ein Wesen zwischen Mensch und Tier, außerdem stellte er den Mädchen nach, bis er endlich zum Gärtner abkommandiert wurde. In Paris schleppte sie uns in einen Park, wo man auf Elefanten, Kamelen und Straußen reiten konnte. Da sie es selbst wegen des Aufsehens, das sie erregen könnte, nicht wagte, eines dieser Tiere zu besteigen, mussten die Damen und Herren ihres Gefolges auf den Exoten reiten, was ihr einen Hauptspaß bereitete. In ihren Appartements in der Hofburg schaukelten Affen an den Turnringen und Vorhängen, schrien die Papageien und hetzten die Hunde durch die Zimmer. Am schlimmsten waren die Affen, die kreischten und aufreizend wie Cancan-Tänzerinnen ihre polierten Hinterteile und schamlosen Vorderteile präsentierten, so dass man nicht mehr wusste, wohin man schauen sollte.

*

Als der Taxifahrer mich sah, wusste er Bescheid. Sie gehen zum Sisi-Ball, ja, ja. Sie sind schon die dritte Sisi-Fuhre heute Abend. Nach zehn Minuten hielten wir vor einem Palais. Auf einem Plakatständer klebte das Konterfei von Elisabeth, auf dem die Diamantsterne in ihrem Haar glitzern. Diagonal darüber prangte eine lilafarbene Schleife mit dem Ballmotto: *Sisi für eine Nacht.* Sisi hatte auf dem Plakat ziemliche Pausbäckchen und einen geradezu obszön fleischigen Hals. Ida bezahlte mit zwei Scheinen und einer Münze und ließ sich auf den Cent genau herausgeben. Sie öffnete der Hohenembs die Autotür und half ihr beim Aussteigen, während ich mich alleine mit dem voluminösen Kleid aus dem Wagen hantelte, mit der Tüllschärpe an der Karosserie hängen blieb und beinahe mit dem Gesicht voran auf die Straße gefallen wäre. Passen Sie doch auf, rief die Hohenembs, Sie machen mir noch das Kleid kaputt. Herrgott, was sind Sie ungeschickt! Finden Sie übrigens, dass ich einen zu dicken Hals habe? Sie reckte das Kinn nach vorn und betastete mit beiden Händen ihren mageren und faltigen Hals. Ich versicherte ihr, dass sie einen langen und schlanken Hals habe. Der Wagen fuhr weg und wir gingen über die Kieseinfahrt zum beleuchteten Palais, wo schon unzählige Damen in zum Teil aberwitzigen Balltoiletten spazierten. Ein Mädchen mit offenen blonden Haaren trug ein weißes Kleid im Empirestil, das zu Sisis Zeit garantiert nicht in Mode gewesen war – der weiche und lose, gleichzeitig figurbetonende Stoff wäre außerhalb der Theaterbühne ein Skandal gewesen – auch unfrisierte Haare wären unmöglich gewesen, und auf ihrem Kopf schwankte ein Diadem, das mehr Ähnlichkeit mit einer Monstranz als mit einem Krönchen hatte. Plötzlich kam ich mir in meinem Kleid und mit der Zöpfchenfrisur albern vor. Dass ich nicht einmal geschminkt war, fand ich nun kindisch, und ich hoffte, keinen Bekannten zu treffen, obwohl ich vor einer Stunde noch ganz gierig darauf gewesen war. Ida holte die Eintrittskarten aus ihrer Tasche, und als Ballspende erhielten wir jeweils ein Schächtelchen mit vier Mozartkugeln. Ida wickelte ihre Kugeln aus und steckte sie sich in den Mund. Sie zerkaute sie und schluckte sie hinunter, als äße sie eine Scheibe Butterbrot. Wozu soll ich sie herumschleppen?, sagte sie auf den Blick der Hohenembs hin, die ihre Schachtel in den Falten ihres Kleides verschwinden ließ. Ich war unschlüssig und hungrig, hatte ich doch in den letzten zwei Tagen nur Gemüsesäfte und Rindsuppe zu mir genommen. Zu Hause nichts zu essen ist nicht schwierig. Man weiß, worauf man sich eingelassen hat, hat entsprechende Vorkehrungen getroffen. Kaum befindet man sich woanders, im Freien oder in Gesellschaft unter vielen Leuten, wird das Hungergefühl zu einem penetranten Nagetier. Andrerseits wollte ich mir vor der Miss-Wahl um Mitternacht nicht die Taille verderben, indem ich jetzt Süßigkeiten aß. Die Hohenembs bemerkte meinen Konflikt und nahm mir die Entscheidung ab, indem sie mir die Schachtel aus der Hand zog und Ida zur Verwahrung weiterreichte. Ida steckte sie in ihre Tasche und ließ die beiden Verschlussteile zusammenschnappen. Ich war mir sicher, dass sie die Kugeln bei nächster Gelegenheit, wahrscheinlich am Klo, heimlich selbst essen würde. Solange Sie dieses Kleid tragen, werden Sie nichts essen, haben Sie verstanden, schon gar keine Schokolade, was denken Sie sich bloß? Die Hohenembs drohte mit dem Zeigefinger. Sie war aber guter Laune und strebte bereits durch die Menschenmenge zur geschwungenen Freitreppe, Ida und ich glitten hinter ihr her. Ein Gewimmel von Sisi-Verschnitten mit ihren männlichen Begleitern, manche im Frack oder Smoking, manche in einer Art Fantasieuniform und mit aufgeklebtem Franz-Joseph-Backenbart, verstopfte den Zugang zum Ballsaal, wo gerade ein Tanzmeister zur Quadrille aufrief. Da können wir unmöglich hinein, stöhnte die Hohenembs, Mir ist schon ganz übel vor so vielen Leuten. Wir gingen die Treppe auf der anderen Seite hinunter, und sie dirigierte uns in den Garten, der mit bunten Lampions und Girlanden geschmückt war. Hier waren weniger Leute, Kellner mit Getränketabletts stolzierten über den Rasen, wir ließen uns ein Glas Sekt geben und die Hohenembs prostete mir zu. Auf Sie, auf die zukünftige Miss Sisi! Sogar Ida stieß mit mir an und rief, Auf dass Sie die Pralinen gewinnen!, und kippte ihr Glas in einem Zug. Mir wurde klar, dass sich ohne die Pralinen mein Leben im Haushalt der beiden erschweren würde. Ich sah mich um, die Kostüme der anderen waren billig und kitschig, wie von der Hohenembs prophezeit. Nur wenige waren originell oder authentisch. Ich konnte mit meiner Verkleidung zufrieden sein, nur die Frisur machte mir Sorgen. Sie war zu bieder und entsprach nicht dem historischen Vorbild. Ein älterer grauer Mann im Frack näherte sich uns und riss den Arm der Hohenembs an sich, um einen Kuss auf ihren Fingern zu platzieren. Dass man bei einem Handkuss die Hand mit den Lippen nicht berühren darf, schien ihn nicht zu kümmern. Er ließ den Arm nicht los, sondern schwenkte ihn wie in einem Anfall von kindischer Freude hin und her. Zu Ida und mir machte er eine leichte Verbeugung. Wen haben Sie denn da, liebe Gräfin?, fragte er und schielte zu mir, Das ist ja ein ganz neues Gesicht. Das ist meine Nichte, Baron Kalmar, sie wird an der Miss-Wahl teilnehmen. Die Hohenembs entwand ihm mit einiger Anstrengung ihren Arm. Verzeihung, murmelte Kalmar, Sie wissen ja. Schon gut, Baron, schon gut, machen Sie sich keinen Kopf. Wir kennen uns nun so lange ... So einen liebenswürdigen Umgangston hatte ich bei der Hohenembs noch nie gehört. Jetzt erst bemerkte ich, dass der Baron unter einem Tick litt. Er trat ständig von einem Fuß auf den anderen, und sein Oberkörper ruckte hin und her. Er versuchte beide Arme hinter dem Rücken zu verbergen, aber sie schnellten immer wieder hervor und griffen nach unsichtbaren Dingen in der Luft. Formidable!, rief er aus. Meine Stimme ist ihr gewiss. Er winkte nach einem Kellner. Ich war vor Hunger so geschwächt, dass ich mich kaum mehr auf den Beinen halten konnte. Der Sekt stieg mir bereits zu Kopf, und das zweite Glas, das mir Baron Kalmar nun anbot, kippte ich wie Ida in einem einzigen Zug hinunter, nur um Kalorien zu bekommen. Der Baron verschüttete seinen Sekt auf seiner Frackweste. Warten Sie, das haben wir gleich, rief die Hohenembs und begann mit einem Stofftaschentuch an ihm herumzureiben, dabei kicherten beide wie Pubertierende. Ida öffnete ihre Tasche und holte eine von meinen Mozartkugeln heraus. Ich flehte sie an, mir eine zu geben, da ich sonst vor Hunger umkommen würde, und sie wickelte eine für mich aus und steckte sie mir in den Mund. Das war so überraschend, dass ich gar nicht dazu kam, mich zu ekeln, eigentlich hasse ich es, gefüttert zu werden. Das ist ein intimer Übergriff. Ich kaute und schluckte schnell, damit die Hohenembs nichts bemerkte, aber sie war noch mit dem Baron beschäftigt, der vor Wonne gluckste. Ida gab mir eine zweite Kugel, die schluckte ich beinahe als ganze hinunter. Die letzte aß Ida selbst. Bitte, geben Sie mir die Ehre eines Tänzchens, bettelte der Baron die Hohenembs an. Sie wissen doch, dass ich nicht tanze, antwortete sie. Er seufzte, Unerbittlich wie eh und je. Trinken wir noch etwas. Wieder winkte er einem Kellner, wir tranken das dritte Glas, diesmal gelang es ihm, nichts zu verschütten. Die Hohenembs nahm einen Schluck und goss den Rest in eine Topfpflanze. Der Baron wippte hin und her, warf in Ermangelung einer Abstellfläche sein leeres Glas weg, leckte sich über die Lippen, schielte einmal zu mir, einmal zu Ida, als könne er sich nicht entschließen, wagte schließlich einen Vorstoß. Frau Ida, würden Sie? Ich war erleichtert, dass er nicht mich gefragt hatte. Ida sah zu Boden und flüsterte, Aber Herr Baron! Sie erlauben doch, Gräfin, dass ich Ihnen Ihre Ida entführe? Kommen Sie, Frau Ida. Die Hohenembs nickte, und der Baron presste Idas Arm an sich und zog sie fort. Wie gut Sie nach Schokolade duften, hörte man ihn raunen, bevor sie in der Menschenmenge untertauchten. Ich nahm ein Glas Sekt vom Tablett eines Kellners, um mir den Mund zu spülen, damit die Hohenembs meinen eigenen Schokoladegeruch nicht bemerkte. Passen Sie ein bisschen auf mit dem Trinken, meinte sie, Sie scheinen mir illuminiert zu sein. Nicht, dass Sie mir um Mitternacht von der Bühne fallen. Ich muss auf die Toilette, kommen Sie allein zurecht?, fragte ich, vom

Alkohol enthemmt. Schauen Sie dazu, dass Sie einen klaren Kopf bekommen, rief sie mir nach. Und passen Sie auf mit dem Kleid! Unterstehen Sie sich, etwas zu essen! Ich drückte mich an den Pseudo-Sisis und nachgemachten Franz Josephs vorbei und atmete auf, als ich außer Sichtweite der Hohenembs war. Ich wollte irgendwo hin, wo ich mich ausruhen konnte, die Augen schließen, die Beine hochlagern, denn die Schuhe drückten. Aber die wenigen Sitzgelegenheiten waren besetzt. Ich kam am Tanzsaal vorbei und spähte hinein, Ida und der Baron waren nicht zu sehen. Es wurde immer noch Quadrille getanzt, die zwei Reihen mit den Männern und Frauen bewegten sich schwankend aufeinander zu, um sich wie die beiden Teile eines Reißverschlusses miteinander zu verbinden. Am Buffet häuften sich die Leute Brötchen, fette Salate und paniertes Fleisch auf die Teller. Ich wagte mich nicht tiefer in den Saal. Es waren wilde Tiere, die sich da um die Beute rissen, und wenn ich auch sicher war, dass ich essen konnte, ohne mich anzupatzen, so fürchtete ich, dass mich eines von den Tieren bekleckern würde, indem es mir einen Teller Eiersalat über das Kleid kippte. Ich dachte zudem an meine Taille, momentan war sie ideal, das Kleid saß angenehm locker, ich fühlte mich nicht eingezwängt, nur die Ärmel spannten. Kotzen konnte ich mit diesem Kleid und diesen Zöpfen nicht. Ich könnte mir ein, zwei Brötchen holen und sie draußen essen, gegen den ärgsten Hunger, dachte ich, damit wäre ich vor den Tieren sicher und die Taille bliebe gewahrt. Aber ich kannte mich. Fange ich einmal an, gibt es kein Aufhören mehr. Die Hohenembs bringt mich um, wenn sie einen Fleck auf dem Kleid entdeckt, dachte ich. Anderseits war ich sehr geschickt beim Kotzen. Ich hatte früher in allen möglichen Kleidungsstücken gekotzt und mich selten angepatzt. Dennoch, es war zu gefährlich. Es lag nicht nur an mir, es kam auf die Toilette an, bei manchen spritzte das Wasser aus dem Spülkasten zu stark heraus, bei anderen weniger. Unschlüssig stand ich da und starrte auf das Buffet. Alle Vernunftgründe, die ich dagegen anführte, schwanden angesichts dieses Haufens Essen, der von den Catering-Angestellten immer neu aufgetürmt wurde. Was machen Sie da, hörte ich Ida flüstern, sind Sie wahnsinnig geworden? Sie dürfen nichts essen. Ida und der Baron standen untergehakt neben mir und atmeten heftig. Ida hatte rote Flecken im Gesicht und der Baron sah aus wie ein Kater, der gerade ein Schälchen Schlagobers ausgeleckt hatte. Sie standen so nahe beieinander wie ein Liebespaar, und der Baron wippte sachte hin und her, immer wieder schmiegte er sich an Ida. Bitte, gehen Sie weg vom Buffet, flehte Ida, wenn das Kleid Schaden nimmt, sind wir beide dran. Das war das erste Mal, dass sie uns beide in eine Beziehung setzte. Ich führte es auf ihr momentan wahrscheinlich vom Samen des Barons aufgeweichtes Gemüt zurück. Ich drehte mich um und verließ den Esssaal. Wir sehen uns später, rief mir der Baron nach. Auf meine Stimme können Sie zählen! Ich stellte mich bei der Schlange für die Toilette an und wartete, ich ließ ein paar Kunst-Sisis vor, wenn sie herumzappelten und behaupteten, es keine Sekunde mehr auszuhalten. Ich hatte es nicht eilig, obwohl mir der Gedanke, dass die Hohenembs alleine im Garten stand, Unbehagen bereitete. Ida und ich zögerten unser Zurückkommen hinaus, wobei Ida dabei mehr Vergnügen hatte als ich: Sex und gutes Essen. Ich irrte herum und wurde von Gedanken an das Buffet zerfressen. Und von Sex war ich meilenweit entfernt. Inzwischen braute sich in der Hohenembs vermutlich ein Unwetter zusammen, das später auf uns beide niedergehen würde. Vielleicht sogar auf den Baron, er hatte Ida schließlich *entführt*. Die Toilettenkabinen waren geräumig, ich kotzte. Dann ging ich zur Hohenembs zurück, sie war wie erwartet schlecht gelaunt. Wo bleiben Sie denn, Sie müssen sich zur Wahl anmelden. Ida war noch nicht da. Wir können jetzt nicht auf Ida warten, weiß der Kuckuck, wo sie steckt. Wir müssen Sie jetzt anmelden, wiederholte sie und zog mich am Arm quer durch den Garten, der enge Saum des Ärmels scheuerte an meiner Haut. Im hintersten Winkel stand ein Tisch, an dem ein Mann und eine Frau saßen, vor ihnen lag eine Liste. Die Hohenembs nannte meinen Namen, und ich erhielt ein Kartontäfelchen mit der Nummer 169, das ich, wenn wir um Mitternacht über den Laufsteg defilierten, über meinem Kopf hochhalten sollte. Meine Hoffnungen schwanden. Es würden sicher über 200 Sisis werden. Der Mann vom Wahlkomitee stellte ein Schild auf den Tisch: *Anmeldeschluss 23:50*. Die Hohenembs sah auf ihre Taschenuhr, Jetzt ist es 22:30. Im übrigen, diese billigen Sisis stecken Sie locker in die Tasche. Ich zähle auf Sie. Denken Sie an die Pralinen! Wir gingen zurück und sahen von weitem Ida und den Baron. Er hielt ihren Arm umklammert und nützte die Menschenmenge, um sich gegen Idas Körper zu drücken, was sie sich gerne gefallen ließ. Sie haben mich lange alleine gelassen, Baron, sagte die Hohenembs mit Tadel in der Stimme. Ida sah sie nicht einmal an. Wenn Gnädigste so gar nicht tanzen wollen … antwortete der Baron vielsagend. Irgendwie hatte ich den Eindruck, dass die beiden in der Zwischenzeit schon wieder Sex gehabt hatten. Sie strahlten so eine satte Zufriedenheit aus, ein selig verzerrtes Lächeln, das sie nicht verbergen konnten oder wollten. Ich muss mich leider verabschieden, sagte der Baron, ich sitze in der Jury, und wir haben vorher noch eine Besprechung. Sie können sicher sein, wandte er sich mit einer leicht verzitterten Verneigung zu mir hin, dass ich alles tun werde, damit Sie nicht nur meine Stimme bekommen. Er küsste zuerst der Hohenembs die Hand, dann Ida, wobei er Idas Hand viel zu lange festhielt und sie unkontrolliert hin und her schwenkte. Dann schien er sie nochmals küssen zu wollen, besann sich anders und schleuderte die Hand in einem Gewaltakt von sich. Ida schrie vor Schreck auf. Reiß dich zusammen, herrschte die Hohenembs sie an, Du machst dich ja lächerlich! Ida war außer sich, atmete schwer, und das selige Lächeln hatte sich in den jetzt nach unten hängenden Mundwinkeln verkrochen, sie litt bereits unter der Abwesenheit ihres Liebhabers.

*

Niemals hätte mein kedvesem es gelitten, dass ich heiratete. Ich sollte ganz alleine ihr angehören. Sie hatte solche Angst, verlassen zu werden, und hätte es mir nie verziehen. Nicht, dass ich keine Gelegenheit gehabt hätte, ein sagenhaft reicher russischer Graf aus St. Petersburg warb monatelang um mich, beinahe wäre ich schwach geworden. Die Vorstellung, als russische Gräfin in einem eigenen Schloss zu residieren, gefiel mir. Es gab auch Herren aus dem Hofstaat, die mich heiraten wollten, dann hätte ich nicht weg von der Hofburg müssen. Aber ich hielt mir immer vor Augen, dass ich dann aus ihrer unmittelbaren Nähe verbannt worden wäre. Sie duldete keine verheirateten Damen als Freundinnen. Nur der ehemaligen Theaterfriseurin Feifalik war das Heiraten erlaubt worden, überhaupt, was die sich alles herausnehmen konnte, das ging über keine Hutschnur, selbst der Kaiser stöhnte über sie. Aber die war ja als Einzige unentbehrlich! Ich wollte meinen szeretett angyalom nicht kränken. Zu-

dem, was hätte mir ein Mann schon bieten können, und wäre er noch so reich gewesen, im Vergleich zu ihr, meiner Göttlichen, die mir alles gab.

*

Im Tanzsaal war eine Bühne aus Holzbrettern improvisiert worden. Die Hohenembs und Ida setzten sich an einen kleinen Tisch, den ihnen der Baron reserviert hatte, und ich begab mich mit meinem Kartontäfelchen durch einen Seiteneingang in einen Nebenraum, wo sich schon über 200 Sisis im Alter zwischen 15 und 50 aufhielten, begierig, wenigstens einmal in ihrem Leben über einen Laufsteg, und sei er noch so windschief, zu schreiten. Wir würden mit unserem vollen Namen und nach Nummern aufgerufen und sollten einzeln und zügig über die Bühne gehen, möglichst im so genannten *Catwalk*, und mit über dem Kopf erhobener Tafel, wie uns eine Frau in mittlerem Alter mit blondiertem Dutt anwies. Sie zeigte uns mit ein paar Schritten, was sie sich unter Catwalk vorstellte – ein möglichst aggressives und zackig nervöses Herausschleudern der Hüften nach links und rechts –, und einige Sisis begannen sofort zu üben. Die Original-Sisi war bekannt für ihren natürlichen und doch leichten und wie schwebenden Gang, der vermutlich genau das Gegenteil vom Catwalk gewesen war. Rund die Hälfte der Sisis trug weiße Kleider, mit Sternen übersät, so wie ich, nur waren die meisten von billiger Machart, bei einigen hatten sich schon größere leere Stellen gebildet, weil die Sterne abgegangen waren. Auch in den Frisuren steckten Sterne, ein paar Pfeile aus Straßsteinen oder Stoffblumen waren zu sehen. Am auffälligsten war die Blonde mit dem monstranzähnlichen Diadem, der ich die meisten Chancen gab, obwohl sie mit ihrem Empirekleid eher dem Modell einer antiken Römerin entsprach. Aber sie hatte eine unbekümmerte Ausstrahlung und unter dem fließenden Plisseestoff zeichnete sich eine interessante Figur ab. Sie war die einzige Blonde, was ich originell fand. Ich ging unter zwischen den 100 Sisis, die angezogen waren wie ich. Und dass mein Kleid kostbarer und authentischer war als ihre billigen Kopien, voluminöser im Rockteil und sorgfältiger gearbeitet, konnte man vom Zuschauerraum aus wahrscheinlich gar nicht erkennen. Mein einziges Ass war der Baron, aber wer weiß, ob er nicht beim Anblick irgendeines drallen Sisi-Verschnittes völlig auf mich vergaß oder gerade woanders hinsah, wenn ich vorbeiging. Ich kam so spät an die Reihe, dass die Jury sicher schon eingeschlafen war und von Sexabenteuern mit hunderten nackten Sisis träumte. Der Baron träumte ohnehin nur von Ida. Aufgepasst, Mädels, gleich geht's los, rief die Frau mit dem Dutt, stellt euch nach euren Nummern auf. Die ersten nach vorne, die anderen weiter hinten! Die vorderen Nummern drängten zur Tür. Keine wollte einen Schritt weichen, die Nummer 3 war besonders penetrant, stieß ständig mit den Ellbogen um sich und stieg den anderen auf die Zehen. Es wurde durcheinander geredet, getuschelt und gekichert. Es roch nach scharfen Haarsprays, süßlichen Lippenstiften und Schweiß. Im Saal sprach nun ein Mann, man verstand ihn nicht, dann war verhaltener Applaus zu hören, er sagte noch etwas, worauf das Publikum lachte und der Applaus anstieg. Jetzt wurden die Nummern aufgerufen, und zwar in ziemlich schnellem Tempo, und die Mädchen stolperten Richtung Bühne, wurden von einem jungen Mann auf das Treppchen, das auf den Laufsteg führte, gezogen, schwankten über den Laufsteg und wurden auf der anderen Seite von einem jungen Mann empfangen, der ihnen vom Treppchen hinunter half und sie in einen Nebenraum dirigierte. Ihr müsst die Nummern hochhalten, zischte der Dutt. Sonst weiß die Jury nicht, wer ihr seid. Die ersten 20 hatten also ihre Chance bereits verspielt. Die nächsten 20 hielten nun ihre Schilder in die Höhe, was sich negativ auf ihren Gang auswirkte, sie stolperten, gingen zu langsam oder zu schnell, einige rannten, andere blieben stehen und wurden von den Nachkommenden angerempelt und weitergestoßen. Den Catwalk hatte noch keine versucht. Bei uns war es jetzt leise, die Sisi-Hühner waren verstummt, jede konzentrierte sich darauf, den Aufruf ihres Namens und ihrer Nummer nicht zu verpassen. 50 waren schon durch. Als ich hörte, dass die Nummer 169 aufgerufen wurde, blieb ich regungslos stehen. Der Dutt schob mich hinaus, der junge Mann zog mich auf das Treppchen, flüsterte, Nummer hoch!, auf einmal stand ich auf dem Bretterverschlag im blendenden Scheinwerferlicht. Der Saal war ein schwarzer Abgrund, mir wurde schwindlig, als ich in diese Finsternis blickte, aus der ein unheimliches Gemurmel aufstieg. Der Abgrund lauerte nur darauf, dass irgendetwas passierte, damit er aufschreien und sich an einem Missgeschick weiden konnte. Hinter mir drängten 170 und 171, die 168 vor mir war schon abgetreten, ich ging dennoch ganz langsam über den Laufsteg, setzte vorsichtig einen Fuß vor den anderen, als ob ich auf Kieselsteinen ging, damit ich nicht stolperte, hielt brav meine Nummer hoch und hoffte, dass mich niemand erkannte. Die Bretter waren ziemlich uneben, ich musste aufpassen, vor allem mit den Schuhen der Hohenembs, die ich nicht gewohnt war und die, so schien es mir jedenfalls, mit jedem Schritt enger wurden. Ich war froh, dass ich ohne Unfall auf der anderen Seite herunterkam und zwischen den fremden Sisis untertauchen konnte. Hier herrschten Chaos und Tränen, die ersten 20 Sisis waren sich ihres verpatzten Auftritts bewusst, ohne Nummer keine Bewertung, ihre Gesichter waren vom Weinen rot und aufgequollen und von Schminke verschmiert. Abgefallene Sterne lagen auf dem Boden, Schleifen und Stofffetzen hingen quer über den billigen Biedermeierstuhlkopien, die Mädchen stopften sich fettige Eier-Mayonnaise- und Lachs-Brötchen, die herumgereicht wurden, in den Mund. Andere, die sich Chancen ausrechneten, aßen und tranken möglichst viel, um bei der Preisverleihung ein paar hundert Gramm oder gar ein Kilo mehr auf die Waage zu bringen und damit mehr Pralinen abzukassieren. Ich war so ausgehungert, dass ich mit beiden Händen nach den Brötchen griff und hineinbiss, als wäre ich alleine in meinem Zimmer. Es beachtete mich zum Glück niemand, alle Sisis waren mit sich beschäftigt. Ich hatte gerade das zehnte Brötchen zerkaut, das Kleid spannte empfindlich in der Taille, als man vom Saal draußen einen Tusch hörte, und der Mann, der zu Beginn gesprochen hatte – er hatte nun ein Mikrophon –, verkündete, dass sich die Jury jetzt beraten würde, um 15 Sisis für das Finale auszuwählen, von denen eine vom Publikum und von der Jury gemeinsam zur Miss Sisi 2007 gekürt werden sollte. Das war neu, wir hatten gedacht, dass die Jury die endgültige Sieger-Sisi auswählen würde. Das bedeutete, das Zittern war noch nicht vorbei, die 15 Auserwählten mussten noch einmal hinaus, erklärte uns der Dutt. Die lippenstift- und mayonnaiseverschmierten Münder standen offen vor Schreck, die Hälfte der Sisis war derangiert, ein hektisches Wischen mit Taschentüchern und Servietten begann, ein Richten der Frisuren, manche sammelten sogar Sterne vom Boden auf, um sie an ihre Kleider und Köpfe zu heften. Mir stießen die Brötchen auf, zum Glück gab es hier eine Toilette. Die Sisis drängten sich vor den Spiegeln. Ich schloss mich in eine Kabine ein, raffte so gut es ging den Rockteil zusammen, schob ihn nach oben, damit er nicht mit dem Boden in Berührung kam, hielt ihn mit einer Hand fest, mit der anderen fasste ich meine Zöpfe im Nacken zusammen, und begann vorsichtig den Lachs- und Mayonnaisebrei hinauszuwürgen. Ein widerwärtig fischiger Geruch breitete sich aus. Ich ließ die Zöpfe los und zog die Spülung, noch während ich erbrach. Die Zöpfe pendelten nach vor und wurden an den pinseligen Enden nassgespritzt. Von der Nebenkabine hörte ich Spuck- und Würggeräusche und ein hysterisches Husten. Es hatte nicht nach absichtlichem Kotzen geklungen, aber wer weiß. Ich untersuchte das Kleid nach Flecken, es schien, als hätte ich Glück gehabt. Ich fühlte mich besser, um die Taille war es wieder locker, und der Kopf war klarer. Ich spülte mir den Mund aus. Draußen herrschte nun Stille, wieder erklang ein Tusch, und der Moderator las 15 Namen und Nummern vor. Die letzte war ich. Ich erschrak, obwohl ich es in derselben Sekunde selbstverständlich fand. Die Blonde mit der Monstranz war auch unter den Auserwählten. Wir sollten langsam im Gänsemarsch hinausdefilieren und uns auf der Bühne hin und her drehen. Wo haben Sie Ihre Nummer?, zischte der Dutt. Tatsächlich, meine Hände waren frei, deshalb hatte ich mich so unbeschwert gefühlt. Ich habe sie in der Toilette liegen gelassen, antwortete ich. Rasch, holen Sie sie! Ich lief zurück und fand das Kartonstück am Boden in der Kabine. Es war dreckig, mit dunklen Schuhabdrücken, weil inzwischen irgendwer darauf herumgetrampelt war, vermutlich ich selber, während des Kotzens, aber die Nummer war noch zu erkennen. Wir zogen im Gänseschritt hinaus, die Kapelle spielte einen Marsch, und dann standen wir auf dem Laufsteg und hielten unsere Nummern über dem Kopf hoch. Wir wussten nicht, wie wir stehen sollten, drehten uns einmal links, einmal rechts, und erweckten wahrscheinlich eher den Eindruck von verlegenen Maturantinnen auf dem ersten Schulball. Das Publikum begann nun Nummern durcheinander zu schreien, bis der Moderator einschritt und das weitere Prozedere erklärte. Er werde nochmals jede Nummer aufrufen und das Publikum sollte dazu klatschen. Die Intensität des Beifalls würde mit einem Applausmessgerät ermittelt werden, und aus den dreien mit dem meisten Applaus würde die Jury die Miss Sisi küren. Nach einem Tusch begann er mit der Verlesung, die Aufgerufenen traten einen Schritt nach vor und machten einen Knicks. Die erste hatte damit angefangen, und alle machten es ihr nach. Als ich dran kam, knickste ich auch ein wenig ein, ich wusste nicht, was ich sonst hätte machen sollen, und hielt meine verdreckte Nummer über den Kopf. Dann wurde der Applaus verglichen, und ich stand gemeinsam mit der Blonden und einer 50-jährigen Sisi in Reiterkostüm und Zylinder im Finale. Die übrigen traten ab und bekamen einen melancholischen Marsch mit auf den Weg. Der Moderator wies mit dem ausgestreckten Arm auf uns: Meine Damen und Herren, die Finalistinnen!, rief er wie ein Jahrmarktschreier, ein Tusch, und Applaus brandete aus dem schwarzen Abgrund hervor. Die Blonde und ich lächelten uns zu, während die Reiter-Sisi ernst blieb. Ein bisschen alt war sie, man bemerkte, dass sie uns um unsere Jugend beneidete, das machte sie noch ein bisschen älter, aber das Kostüm mit dem Zylinder sah gut an ihr aus, und vom Zuschauerraum aus wirkten wir vermutlich alle gleich alt. Der Moderator beugte sich zum Tisch der Jury hinunter und fragte, ob sie eine Entscheidung getroffen hätte. Ein

Scheinwerfer wurde auf die Jurymitglieder gerichtet, und ich sah den Baron wippen und mit den Fingern auf die Tischplatte trommeln. Wir haben ein einstimmiges Ergebnis, verkündete er. Ein Tusch, Stille, der Baron hielt es nicht länger aus: Es ist die Nummer 169!, rief er, sprang auf und begann zu klatschen. Die Leute klatschten mit, auch der Moderator, dessen Ausruf, Meine Damen und Herren, *Miss Sisi 2007,* in dem Lärm völlig unterging, und im selben Moment wurde eine riesige Waage auf die Bühne geschoben und ein Handkarren, in dem dutzende Pralinenschachteln lagen. Es war erhebend, leider. Die Reiter-Sisi gab mir die Hand und gratulierte mir, sie sah erleichtert aus, und die Blonde umarmte mich sogar, wobei ihre Monstranz verrutschte, sie zog sich das Diadem vom Kopf und winkte damit ins Publikum. Der Moderator überreichte beiden eine Pralinenschachtel und brachte sie von der Bühne. Dann führte er mich am Arm zur Waage. Ein Treppchen wurde herangerollt, er half mir in eine der Waagschalen, indem er an meinem Arm zog, und begann die andere Schale mit Pralinenschachteln aufzufüllen. Ein Assistent zählte mit. Schachtel um Schachtel warf der Moderator hinein und spulte dabei seine Witzchen ab. Ich war froh, endlich sitzen zu können, die Schale war sehr bequem, ohne darüber nachzudenken, zog ich die Schuhe aus und rieb mir die Füße. Langsam hob sich meine Waagschale, und als er bei der hundertzweiten Packung angelangt war, pendelten sich die beiden Schalen auf gleicher Höhe ein. 51 Kilo ich und 51 Kilo Pralinen. Ich erschrak, dann fiel mir ein, dass das Kleid alleine mindestens drei Kilogramm wiegen musste, und die Schuhe noch dazu, ich hatte also unter 50 Kilo. Wieder ein Tusch. Der Assistent hievte mich aus der Waagschale, und während der Moderator mich abmoderierte, packte der Assistent die Pralinenschachteln in zwei Säcke ein und trug sie hinter mir her, nachdem ich von der Bühne gestolpert war – die jungen Männer, die uns auf den Laufsteg und wieder hinunter geholfen hatten, waren nicht zu sehen. Ida winkte von einem Tisch, an dem die Hohenembs und der Baron saßen, und ich kämpfte mich durch die klatschende und grinsende Zuschauermenge, hinter mir der Assistent mit den Säcken. Der Baron gab ihm ein Glas Sekt. Die Hohenembs nickte mir zu und sagte, Gut haben Sie das gemacht, ich bin zufrieden mit Ihnen. Ida betrachtete die Säcke, der Assistent leerte ein zweites Glas und verabschiedete sich. Mir fielen die Schuhe ein, ich hatte gar nicht bemerkt, dass ich auf Strümpfen gegangen war. Ich lief dem Assistenten nach und bat ihn, mir die Schuhe, die ich in der Waagschale vergessen hatte, zu bringen. Halt, wo wollen Sie hin, wir sind am Aufbrechen!, hörte ich die Hohenembs rufen. Ich erklärte, dass ich die Schuhe in der Waagschale ausgezogen und darin liegen gelassen hatte. Wie können Sie es wagen!, schnappte die Hohenembs, Wie kommen Sie dazu, meine Schuhe auszuziehen! Na na na, machte der Baron, das ist doch kein Malheur, die kleinen Schühchen tauchen sicher wieder auf. Sie tauchten aber nicht wieder auf. Der Assistent kam ohne sie zurück und beteuerte, sie überall gesucht zu haben. Die Hohenembs strafte mich im Taxi mit Schweigen.

*

Als gelber Domino verkleidet ging sie zur Faschingszeit auf die Wiener Redoute, inkognito natürlich, und ich musste sie begleiten. Ich fand einen jungen Mann für sie, mit dem sie sprach und scherzte, ja sogar einen Flirt wagte meine sonst so Unnahbare.

Stunden dauerte diese Unterhaltung. Der junge Mann ahnte bald, wen er vor sich hatte, wagte aber nicht, sie geradeheraus zu fragen. Schließlich musste ich darauf bestehen, dass wir den Ball verließen und unseren Wagen bestiegen, wer weiß, was sonst noch geworden wäre. Beim Abschied versuchte er ihr die Maske herunterzureißen und sie zu küssen, was ich glücklicherweise verhindern konnte. Er lief uns noch ein Stückchen nach, und sie gab dem Kutscher Befehl, in eine falsche Richtung zu fahren, erst nach einer Stunde durfte er den richtigen Weg einschlagen. Dieses Abenteuer beschäftigte sie noch lange, sie schrieb dem Unglücksraben sogar einige Briefe, die er auf ziemlich freche Weise beantwortete. Später wollte er die Briefe trotz ihres ausdrücklichen Wunsches nicht zurückgeben.

*

Ich musste mich im Salon aufstellen, und die Hohenembs ging um mich herum und kontrollierte das Kleid. Der Hund folgte ihr im Kreis. Sie zog die Stoffbahnen auseinander, betastete die Sterne und hob den Rockteil hoch. Zum Glück fand sie keine Flecken, dann musste Ida mich ausziehen. Ich stand mit Unterhose und Strümpfen bekleidet vor der Hohenembs, und sie betrachtete mich von oben bis unten. Der Hund drängte mit seiner feuchten haarigen Schnauze zwischen meine Beine, nur mühsam hielt ich seinen riesigen Kopf auf Distanz, die Hohenembs unternahm nichts. Auf das Wiegen verzichten wir für heute, das hatten wir ja schon, die Strümpfe können Sie wegwerfen, die sind wohl nicht mehr zu gebrauchen. Die Strümpfe waren auch von ihr gewesen, allein die Unterhose gehörte mir. Ich ging in mein Zimmer, knallte dem Hund die Tür vor der Schnauze zu und legte mich aufs Bett. Ein paar Minuten kratzte er noch an der Tür. Ich zog die Strümpfe von meinen Beinen, an den verstärkten Zehen- und Fersenteilen waren sie schwarz und zerrissen. Ich knüllte sie zusammen und warf sie in eine Ecke. Ich hatte Hunger, beschloss aber, nichts mehr zu essen. Man nahm am schnellsten ab, wenn man nach dem Kotzen längere Zeit, vor allem vor dem Schlafengehen, nichts aß. Ich strich über meinen Bauch, er war beruhigend flach. Die Hüftknochen stachen heraus, so wie es sein sollte, und ich spürte einen inneren Frieden. Alles war in Ordnung, wenn ich dünn war. Ich streichelte weiter meinen Bauch, strich um den Nabel herum, der nur ein schmaler Schlitz war, zog meine Unterhose aus. Ich glättete meine Schamhaare, zupfte sie durcheinander, strich sie glatt, ringelte sie mit dem Finger ein und drehte mir kleine Löckchen. Ich überlegte, mir die Scham zu rasieren. Aber für wen? Für Charlotte war es zu spät. Ich tastete noch eine Zeitlang an mir herum, bis ich einschlief. Als ich am nächsten Morgen in die Küche kam, saß Ida bereits in ihrem Arbeitsmantel am Küchentisch, mit einer Tasse Kaffee und einem Wasserglas, in dem es zischte und brodelte – Alka Seltzer oder Aspirin C. Die Pralinenschachteln hatte sie neben sich aufgebaut. Es roch nach Veilchen und Schokolade und ein wenig nach Papier. Sie blickte mich an, Ist das nicht ein herrlicher Anblick? Haben Sie schon eine geöffnet, fragte ich, ich würde gerne ein Stück kosten. Sie nahm eine Schachtel und gab sie mir. Die ist für Sie, die restlichen dürfen wir nur mit *ihrer* ausdrücklichen Erlaubnis aufmachen. Ich schenkte mir ein Glas Wasser ein und setzte mich zu Ida an den Tisch, um den Schachtelberg zu betrachten. Er flößte mir Angst ein, ich wollte nicht mit 50 Kilogramm Schokolade zusammen in einem Haushalt leben. Schon gar nicht, wenn sie so in der Küche herumstand. Was geschieht jetzt damit? Die Pralinen werden in einen Schrank gesperrt, sie wird sie täglich nachzählen, antwortete Ida. 100 Schachteln sind es jetzt, ich habe auch eine bekommen, setzte sie hinzu. Da sie mir aus ihrer Schachtel nichts anbot, nahm ich an, dass sie ihren Teil schon aufgegessen hatte. Ich muss jetzt Frühstück machen, sagte sie übellaunig wie immer und stand auf. Ich ging mit der Pralinenschachtel in mein Zimmer und legte sie zu meinem übrigen Vorrat. Als Kind malte ich mir oft vor dem Einschlafen ein Leben als Eremitin aus. Ich wohnte alleine in einem Wald, auf einer Lichtung in einer kleinen Hütte, und hatte einen riesigen Vorrat an Nahrungsmitteln, etwa einen Berg von Nüssen, den ich langsam abbaute. Jeden Tag knackte und aß ich eine abgezählte Menge. Das Wesentliche an dieser Vorstellung war die Vorratshaltung, und dass ich diese Vorräte selbst gesammelt, gekocht oder gejagt hatte. Ich war auch immer alleine. Niemand besuchte mich im Wald, ich wartete auf niemanden. Die Klausur hatte kein vorstellbares Ende. Wenn ein Jahr vorüber war, musste ich die Vorräte auffüllen. Als ich älter war, fiel mir in der Städtischen Bücherei ein Buch in die Hand, in dem eine 40-jährige Frau sich ganz alleine in einem Jagdhaus wieder fand, in einem Umkreis von mehreren Kilometern war eine undurchdringliche durchsichtige glatte Wand aufgezogen, oder eine Kuppel? Sie musste jedenfalls ihr weiteres Leben in diesem Jagdhaus verbringen. Alles was sie besaß war ein Hund, eine Kuh und eine Katze, sie lebte mit den Jahreszeiten, führte die Kuh auf die Alm, sammelte Beeren, pflanzte sogar Kartoffeln, hackte, trocknete und stapelte Holz. Schon am ersten Tag, an dem sie entdeckte, dass sie aus diesem Kessel nicht mehr herauskommen würde, schob sie ihr Bett in die Küche und versperrte alle übrigen Räume. Die Küche war ihr Lebenszentrum.

Während der Lektüre erinnerte ich mich an meine kindlichen Einschlafträume und fühlte mich auf tröstliche Weise mit der Autorin verbunden. Sie hatte genau meine Empfindungen getroffen. Die Protagonistin teilte allerdings ihr Monadentum mit Tieren, die ihr Überleben garantierten. So einen Luxus hatte ich mir nicht geleistet. Es war unwiderstehlich, so ganz allein auf sich gestellt zu sein, körperlich zu arbeiten, um das tägliche Überleben zu sichern, mit einfachen Dingen auszukommen. Etwas anzuhäufen, um später davon zehren zu können, das fand ich reizvoll. Keine Vergangenheit und keine Zukunft zu haben, in der ewig gleichförmigen Gegenwart zu leben, die Zukunft nur insofern mitzudenken, als dass man sich überlegte, wie und wann man beginnen würde, die Vorräte aufzufüllen, und die Vergangenheit auf mögliche Fehler überprüfte, um sie in Zukunft zu vermeiden. Was später in Wirklichkeit passierte, nämlich dass ich die Vorräte auf einmal verschlang, war nicht vorgesehen. Der Pralinenvorrat in der Küche war mir unheimlich. Meine Vorräte mussten überschaubar bleiben. Beim Frühstück herrschte Schweigen. Die Hohenembs trank ihren Fleischsaft, Ida aß Golatschen, ich war unschlüssig. Sollte ich weiter Diät halten wie vor dem Ball, oder sollte ich vorsichtig zu essen beginnen? Ich trank Kaffee mit viel Milch und Schlagobers und beschloss für diesen Tag, mich nur noch flüssig zu ernähren. Die Hohenembs gab Ida die Anweisung, einen Gugelhupf zu backen, weil am Nachmittag der Baron zum Tee kommen würde, zum Mittagessen solle sie etwas Leichtes kochen, eine Suppe womöglich. Idas Gesicht hellte sich auf, sie räumte den Tisch ab. Und Sie geben mir jetzt meine Spritze, wandte sich die Hohenembs an mich. Ich verabreichte ihr das Kokain, das bereitete mir inzwischen keine Mühe mehr. Über den Ball wurde nicht mehr gesprochen, ich hatte meine Aufgabe erfüllt, dabei die Schuhe verloren, es gab nichts mehr dazu zu sagen. Dann kam der Griechischlehrer, und ich zog mich wie üblich in mein Zimmer zurück. Als ich später die Tür ins Schloss knallen hörte, wusste ich, die Griechischlektionen waren beendet, und das Mittagessen würde in einer halben Stunde auf dem Tisch stehen.

*

Auf Korfu zog sie sich immer sehr zurück, ich bekam meine édes lelkem kaum zu Gesicht, nur während der Frisierstunden war ich zugegen, da erteilte sie ihre Befehle. Ich fühlte mich einsam, verlassen, sehnte mich nach Gödöllö zurück, wo sie mir nicht so ferne war. Ungarn brachte uns immer näher zusammen. Hier in Griechenland war ich wie eine Fremde für sie. Das Achilleion, wie sie ihr Haus nannte, war aus einer Mischung antikisierender Elemente und moderner Technik erbaut. Das ganze Haus war elektrifiziert, ein kleines Kraftwerk war für den Strombedarf errichtet worden. Elektrische Flammen leuchteten in Form von Früchten oder Seifenblasen aus den Händen der Stuckamoretten. Es gab viele Zimmer, deren Wände und Decken Nachbildungen von Pompejianischen Fresken zierten, Möbel und Einrichtungsgegenstände waren mit Mosaiken versehen. Auf den Stühlen allerdings, so prunkvoll sie auch gepolstert waren, saß es sich doch unbequem, weil vor 2000 Jahren andere Gewohnheiten herrschten, wie sie mir erklärte. Mir war das nie ganz einsichtig, das Sitzen scheint mir eine zeitlose Tätigkeit, so viele Möglichkeiten kann es gar nicht geben. Für sie war das gleichgültig, sie mochte nicht sitzen. Es zählte nur der ästhetische Eindruck.

*

Der Baron streckte einen Finger durch die Stäbe des Papageienkäfigs. Vorsicht, rief die Hohenembs, die Schnäbel sind scharf! Die Vögel hackten nach dem Finger, aber der Baron zog ihn rechtzeitig zurück. Sie kreischten und schnatterten, plusterten sich auf. Der Baron wandte sich ab und bewunderte den Gugelhupf, den Ida gerade auftrug. Frau Ida, haben Sie den selbst gemacht? Er sieht köstlich aus! Ida wurde rot. Sie hatte den Arbeitsmantel schon ausgezogen, bevor der Baron gekommen war, dafür prangte auf ihrem Dekolleté ein Staubzuckerkreis, beinahe wie ein Schmuckstück. Die Hohenembs hatte nichts dazu gesagt. Für den Griechischlehrer hatte Ida den Mantel nie ausgezogen. Auch ein Dekolleté hatte sie noch nie gehabt, ihre Kleider waren sonst hochgeschlossen bis zum Hals. Sie sah richtig gut aus. Nur die abgebissenen Fingernägel mit den eingetrockneten Blutspuren störten. Der Baron leckte sich über die Lippen und nahm am Tisch der Hohenembs Platz. Erst dann setzten Ida und ich uns ebenfalls. Die Hohenembs schenkte Tee ein und verteilte den Kuchen, den Ida zuvor aufgeschnitten hatte. Der Baron schaukelte mit seinem Sessel, aß mehrere Kuchenstücke und lobte Idas Backkünste. Dabei blickte er sehnsüchtig auf ihren Staubzuckerfleck, der sich von ihrer erröteten Haut abhob. Ida konnte vor Aufregung nichts essen und trank nur zwei Tassen Tee, den sie in winzigen Schlucken zu sich nahm und nicht hinunterstürzte, wie sonst immer. Ihre Hände zitterten, die Tasse klapperte an der Untertasse, wenn sie sie hinstellte. Die Hohenembs nagte an ihrem Stück, während ich mir noch einmal nachnahm. Ich hatte noch nicht viel gegessen – zu Mittag einen Teller Kartoffelsuppe –, also konnte ich mir das erlauben. Der Hund lag neben der Hohenembs und hob manchmal den Kopf, um den Baron anzuknurren. Es war offensichtlich, dass die Hohenembs und ich und der Hund in diesem Raum überflüssig waren – die Papageien störten nicht weiter –, aber wie sollten sie uns loswerden? Der Baron und die Hohenembs führten eine nichtssagende Konversation, die Hohenembs schien sich über die mangelnde Aufmerksamkeit des Barons zu amüsieren. Ida wurde immer nervöser, schließlich nahm sie doch ein Stück Kuchen. Staubzucker war jetzt auch in ihren Mundwinkeln, und der Baron sprang auf, als wollte er zu ihr hinstürzen und den Zucker ablecken, ließ sich aber seufzend auf seinen Sessel zurückfallen. Entschuldigen Sie, sagte er zur Hohenembs, Sie wissen ja, meine Krankheit. Ich weiß. Beruhigen Sie sich, Sie müssen sich deswegen nicht entschuldigen, lieber Baron. Ida erhob sich, um neuen Tee aufzugießen, wie sie sagte. Das war das Stichwort. Jetzt musste der Baron nur noch einen Grund finden, um ebenfalls in die Küche zu gelangen. Ich helfe Ihnen mit der Kanne, Frau Ida, rief er und folgte Ida. Die Hohenembs kicherte in ihre vorgehaltene Hand. Gehen Sie in die Küche, sagte sie einige Minuten später zu mir, nachdem sie sich gefasst hatte. Werfen Sie ein Auge auf die beiden! Widerwillig stand ich auf, was gingen mich die beiden Turteltauben an? Langsam bewegte ich mich Richtung Küche und schaute durch den Türspalt. Es war zu spät. Ida lag quer und bäuchlings über dem Küchentisch, ihr riesiger nackter Hintern, der schneeweiß aus den heraufgeschobenen schwarzen Stofflagen leuchtete, wurde vom Baron bearbeitet. Er knetete ihn wie Teig, ließ Zucker aus der Staubzuckermühle auf ihn rieseln, leckte daran, biss hinein, fuhr mit dem Daumen in der Pospalte hin und her, schließlich zog er seine Hose hinunter, spreizte Idas Pobacken auseinander, drang in Ida ein, klammerte sich an ihre Taille und fickte sie mit schnellen Bewegungen. Außer einem unterdrückten Stöhnen machten sie keine Geräusche, nur der Tisch wackelte. Fasziniert sah ich den beiden Leibern zu. Zwei Walrosse. Ein Zucken ging durch den Körper des Barons, er hielt inne, um ein letztes Mal mit aller Kraft zuzustoßen, und Ida schrie leise auf. Stephan, seufzte sie. Er blieb grunzend auf ihr liegen, ich zog mich zurück. Was geht da vor, rief die Hohenembs, die mir am Flur entgegenkam, hinter ihr der Hund. Sie drängte mich zur Seite, ich konnte sie nicht hindern, in die Küche vorzudringen. Der Baron steckte immer noch in Ida, die leise wimmerte. Das ist doch, rief die Hohenembs, Baron, gehen Sie sofort hinunter, wie können Sie! Der Baron wälzte sich von Ida, hatte aber die Geistesgegenwart, noch Idas Kleid herunterzuziehen und damit ihren Hintern zu bedecken. Er zog seine Hose hoch. Verzeihen Sie, Gräfin, Frau Ida und ich, wir sind uns sehr zugetan. Er wankte. Ida versteckte sich hinter dem Rücken des Barons. Sehr verehrte Gräfin von Hohenembs, er atmete durch und straffte sich, Ich möchte um die Hand Ihrer Frau Ida bitten, ich habe ehrenhafte Absichten. Ich möchte sie heiraten und für sie sorgen, Sie wissen, dass ich über ausreichende finanzielle Mittel verfüge. Ich werde sie hüten wie meinen Augapfel, Sie können dessen gewiss sein. Die Hohenembs war für ein paar Sekunden sprachlos. Sie müssen wahnsinnig geworden sein, Baron, davon kann überhaupt keine Rede sein, unberufen. In Idas Alter heiratet man nicht mehr, das ist ungustiös, unberufen. Die letzten Worte spuckte sie fast aus, und Ida begann zu weinen. Ich muss Sie bitten, meine Wohnung zu verlassen, Baron! Der Baron schien unschlüssig, ob er dem Folge leisten oder Ida mit sich nehmen sollte. Er drehte sich um und flüsterte Ida etwas ins Ohr, was diese noch mehr aufschluchzen ließ. Ich gehe!, sagte er theatralisch Aber ich komme wieder, Gräfin! Er küsste die weinende Ida auf die Stirn und wankte aus der Küche. Seine Arme schlenkerten unkontrolliert hin und her, er traf dabei mit dem Handrücken den Hund am Kopf, der aufjaulte und sich unter den Tisch flüchtete, auf dem Ida saß. Die Tür schlug zu, es klang genauso, als ob der Griechischlehrer die Wohnung verlassen hätte. Komm endlich von diesem Tisch herunter, Ida, und hör auf zu heulen. Und Sie räumen im Salon auf, fuhr die Hohenembs mich an. Sie zog den Hund am Halsband unter dem Tisch hervor und nahm ihn mit in ihr Schlafzimmer. Ich trug das Teegeschirr und die Überreste des Kuchens in die Küche. Ida saß unverändert am Küchentisch und jammerte vor sich hin. Ich stellte das schmutzige Geschirr in den Geschirrspüler und wickelte den Kuchen in Frischhaltefolie. Ich hob Idas zusammengeknüllte Miederhose vom Boden auf und hängte sie über einen Stuhl. Ich schenkte ein Glas Wasser ein und hielt es Ida hin. Hier, trinken Sie. Sie sah hoch und nahm das Glas. Danke, murmelte sie. Sie stürzte das Wasser in einem Zug hinunter und gab mir das Glas zurück. Wollen Sie den Baron wirklich heiraten, fragte ich. Sie nickte. Gehen Sie doch einfach weg mit ihm. Ich kann nicht, sie würde mich sofort anzeigen. Sie selbst ist doch die Drahtzieherin!, rief ich aus. Ja, aber sie hat überall ihre Freunde sitzen, sie käme aus jeder Sache heraus. Als junger Mensch habe ich mich hinreißen lassen, etwas Fürchterliches für sie zu tun, es verjährt niemals. Es ist hoffnungslos, seufzte sie, und der Baron. Der Baron redet viel, wissen Sie. Er ist verheiratet, er müsste sich erst scheiden lassen, das lässt seine Frau nicht zu. Das Vermögen kommt von ihr, im Falle einer Scheidung würde er alles verlieren. Er kann gar nicht für mich sorgen, wie er behauptet hat, er hat das nur im Affekt gesagt. Und *sie* weiß das. Sie wird mir Korfu niemals geben, und Sie werden niemals die Wohnung vom Wachtel bekommen! Gibt es diese Wohnung überhaupt?, fragte ich. Selbst wenn der Wachtel bald stirbt, sie wird Ihnen die Wohnung nicht geben, sie wird es aufschieben, so wie sie es bei mir getan hat. Sie begann wieder zu weinen. Da stand die Hohenembs vor uns. Was habt ihr miteinander zu tuscheln? Geh an deine Arbeit, Ida, und Sie, Sie gehen in Ihr Zimmer. Sie haben genug angerichtet für heute! Es ist alles Ihre Schuld! Sie wies mit dem ausgestreckten Arm zur Tür. Ich wusste keinen Grund, wieso alles meine Schuld sein sollte, aber Idas Schicksal war mein Schicksal, das plötzlich bedrohlich vor meinen Augen stand. Ich sah mich alt und verrunzelt am Krankenbett der Hohenembs sitzen, dazu verurteilt, sie und Ida zu pflegen, und wenn sie endlich tot waren, war es für mich zu spät, mein Leben längst vorbei. Vielleicht konnte der Baron, wenn er sie schon nicht heiratete, Ida wenigstens zur Flucht verhelfen und mir auch. Er müsste uns nur gefälschte Pässe besorgen. Er war doch Ungar, dem Namen nach zumindest. Das Schicksal einer Landsfrau müsste ihm am Herzen liegen. Ida und ich könnten nach Ungarn fliehen. In Budapest gab es sicher auch Menschen, die jemanden brauchten, der ihnen die Wohnung entrümpelte. Vielleicht war Ungarn zu nahe. Vielleicht reichten ihre Kontakte bis nach Budapest? Ich musste mit Ida darüber reden.

*

Ungarn war ihr Märchenland. Nie wieder hat sich mein szeretett angyalom für eine Sache so sehr eingesetzt wie für die ungarische. Die Doppelmonarchie war ihr Werk. Sie wurde unwiderstehlich angezogen von der Leidenschaft und Ungezwungenheit der Ungarn, im Gegensatz zum zeremoniendurchsetzten Wiener Hofleben mit seinen undurchschaubaren Intrigen und Empfindlichkeiten, wo jeder Erzherzog seinen eigenen kleinen Hofstaat um sich scharte, dessen Aufgabe darin bestand, gegen die anderen zu opponieren. Das hat sie immer gehasst. In Ungarn konnte sie aufatmen, dort wurde sie verehrt und bewundert, man ließ sie in Ruhe, in ihrem geliebten Gödöllö konnte sie sich von den alltäglichen Wiener Gemeinheiten erholen. Sie konnte ausreiten, wann immer sie wollte, ohne begafft zu werden oder öffentliche Kritik fürchten zu müssen.

*

Die Hohenembs ließ uns nicht mehr aus den Augen, wir mussten ständig mit ihr spazieren gehen, sie trug uns Besorgungen auf, die wir getrennt voneinander erledigen mussten. Eigenen Schlüssel hatte ich immer noch keinen. Selbst in der Nacht blieb die Hohenembs auf und wanderte in der Wohnung umher, hängte sich an die Ringe im Türrahmen, legte die Sissi-Filme oder Pseudodokumentationen über Schönheitsoperationen in den Videorecorder ein, um uns glauben zu machen, dass sie nun ein oder zwei Stunden ruhig im Fernsehsessel verbringen würde, tauchte aber überraschend in jedem Raum der Wohnung auf. Ein vertrauliches Gespräch mit Ida war unmöglich. Die Papageien schnarrten schlecht gelaunt vor sich hin und hackten nach den Gitterstäben, wenn man sich ihrem Käfig näherte. Sie sprachen auch keine Sätze mehr nach. Ida und ich mussten nun bei den Griechischlektionen anwesend sein und die griechischen Phrasen nachplappern, ohne zu wissen, was wir da sagten. Ida konnte erst nach dem Unterricht mit der Zubereitung des Mittagessens beginnen. Ein bisschen Bildung wird euch nicht schaden, zu alt, um eine neue Sprache zu lernen, ist man nie, sagte die Hohenembs gehässig. Ungarisch wäre besser, dachte ich, und weigerte mich, das Griechische anders als ein Papagei nachzusprechen. Aber auch Ungarisch lernte ich nicht, ich hatte keine Zeit, wenn ich in meinem Zimmer war, schlang ich Veilchenpralinen und andere Lebensmittel in mich hinein und ließ sie in angedautem Zustand in einem zähflüssigen Strom in die Schraubgläser rinnen, dann lag ich auf meinem Bett und starrte an die Decke. Der Schachtelberg im Schrank wurde niedriger, auch Ida nahm sich ihre tägliche Ration heraus, noch hatte die Hohenembs nichts gesagt. Der Baron ließ sich nicht mehr blicken, Ida traf sich mit ihm, wenn sie einkaufen ging oder Besorgungen für die Hohenembs erledigte. Sie kam von diesen Gängen mit demselben Gesichtsausdruck zurück, den ich schon am Ball an ihr gesehen hatte. Die Hohenembs beschwerte sich, dass Ida zu lange ausblieb, nie sei sie da, wenn man sie brauche, sie solle nicht so trödeln. Immer öfter schickte sie stattdessen mich. Dann kam der Baron zitternd und hüpfend von der anderen Straßenseite auf mich zu und fragte nach Ida, ob sie denn heute nicht mehr käme. Bei unserer ersten Begegnung fragte ich ihn unverblümt, ob er uns nicht bei der Flucht helfen könne, Pässe besorgen, uns über die Grenze bringen und in Budapest verstecken. Das sei unmöglich, er sei der Hohenembs verpflichtet, er könne sie nicht hintergehen, außerdem wisse er gar nicht, wo man Pässe herbekäme, und zu Ungarn habe er keinerlei Verbindungen, zu lange sei er von seiner Heimat getrennt. Schon dass er Ida heimlich treffe, stelle für ihn ein ungeheures Risiko dar, wenn seine Frau davon erführe, sei es aus. Sie wollten Ida doch heiraten, rief ich aus. Er sah mich an und sagte traurig, Sie sind noch jung, Sie werfen jedes

Wort in die Waagschale. Ein Mann würde alles sagen, um sich aus einer peinlichen Situation herauszuwinden. Am nächsten Tag hat er es vergessen. Es belastet ihn nicht weiter. Ida weiß das, sie ist eine Frau mit Erfahrung. Denken Sie daran, wenn Ihnen ein Mann etwas verspricht. Mit schlenkernden Armen ging er davon. Ich machte meine Einkäufe und setzte mich auf eine Parkbank vor meiner ehemaligen Wohnung. Die Fenster waren frisch geputzt und reflektierten das Sonnenlicht wie Spiegel. Könnte ich nur die Zeit zurückdrehen und wieder an diesen Fenstern stehen, um auf den Park zu sehen. Ich verfluchte den Tag, an dem mich die Hohenembs vor der Konditorei angesprochen hatte. Wie oft hatte ich mir vorgestellt, dass auf dieser Bank jemand saß, der meine Fenster beobachten würde oder mich, wie ich in der Wohnung herumging. Niemals wäre ich auf den Gedanken gekommen, dass ich selbst einmal hier sitzen würde, um mir mein altes Leben zurückzuwünschen. Eine Wolke verdeckte die Sonne für ein paar Minuten und man sah, dass die Jalousien heruntergelassen waren, die Lamellen aber gerade gestellt. Eine Silhouette bewegte sich hinter einem der Fenster, und für eine Sekunde meinte ich, es sei Charlotte. Dann kam die Sonne heraus, und ich blickte wieder auf die spiegelnden Fensterflächen. Ich nahm die Einkaufstaschen und ging zurück zur Hohenembs. Ich klingelte, und sie selbst öffnete mir die Tür im selben Moment, als ob sie die ganze Zeit dahintergestanden und gewartet hätte. Wo bleiben Sie denn so lange, rief sie, da hätte ich gleich Ida schicken können. Sie zog mich hinein und schlug die Tür hinter mir zu. Los, los, Ida wartet auf die Sachen für das Mittagessen, wir sind schon wieder verspätet! Und übrigens, wenn Sie glauben, ich merke nicht, dass Sie und Ida die Pralinen aus dem Kasten stehlen, dann haben Sie sich getäuscht. Ich kann auch anders! Wortlos ging ich in die Küche und stellte die Einkäufe auf den Tisch. Was kann sie mir schon noch antun, dachte ich. Ich beschloss, alleine zu fliehen. Auf Ida konnte ich ohnehin nicht zählen, sie hatte sich längst mit ihrem Schicksal abgefunden und erlebte mit dem Baron ein spätes Glück, mit dem sie wohl nicht mehr gerechnet hatte. An Korfu glaubte sie selbst nicht mehr. Den Baron würde sie auf keinen Fall aufgeben. Und der Baron war zufrieden mit seiner kleinen Liaison, mit der er seine alten Tage auffrischte, und würde sie keinesfalls durch fragwürdige Abenteuer, bei denen nichts für ihn herausschaute, aufs Spiel setzen. Ich beschloss, sobald mir die Hohenembs Besorgungen auftrug, zum Südbahnhof zu fahren und in den Zug nach Bratislava einzusteigen. In knapp einer Stunde wäre ich über der Grenze in der Slowakei, mit meinem eigenen Pass, noch bevor die Hohenembs überhaupt bemerkt hätte, dass ich abgängig war. Von Bratislava konnte ich weiter nach Prag und Berlin. Auch in Berlin musste es verzweifelte Menschen geben, die Hilfe beim Entrümpeln benötigten. Es durfte nur nicht zu viel Zeit vergehen zwischen dem Verlassen der Wohnung und der Abfahrt des Zuges, ich wusste nicht, wie viele Züge täglich Richtung Bratislava fuhren. Hoffentlich nicht nur einer oder zwei. Außerdem brauchte ich Geld. Das hieß, ich musste mein Taschengeld sparen. Mein Magen zog sich zusammen. Hasserfüllt sah ich auf meinen Bauch. Er war fast flach. Wenn ich gerade stand, wölbte er sich ganz leicht nach außen. Nur wenn ich ihn einzog, wurde er konkav. Ich wollte ihn aber nicht mehr einziehen. Ich wollte mir mein Leben nicht mehr von meinem Bauch dirigieren lassen. Ich wog 47 Kilogramm. Das war ein gutes Gewicht, ich konnte ohne schlechtes Gewissen drei Kilo zunehmen, oder zwei abnehmen, es war ganz egal. Mit diesem Gewicht war ich in Sicherheit. Ich kontrollierte meine Vorräte. Ein eingeschweißter Marmorkuchen, Kekse, Bananenchips. Mein Proviant für die Flucht. Ich zählte mein Geld, 10 Euro. Damit würde ich höchstens bis Bratislava kommen. Mein Erspartes war längst aufgebraucht. Leider wusste ich nicht, wo die Hohenembs ihr Geld aufbewahrte. Die Münzen waren ein Glücksfall gewesen. Ich hätte ein paar Schmuckstücke mitnehmen können, oft ließ sie welche im Salon herumliegen, aber wo und wie sollte ich sie verkaufen? Die Haushaltskasse verwaltete Ida. Sie zog die Scheine immer aus der aufgenähten Tasche ihres Arbeitsmantels, als verberge sie dort eine nie versiegende Geldquelle. Ida um Geld zu bitten, war zu riskant. Auch wenn sie in letzter Zeit viel umgänglicher war, traute ich ihr nicht. Sie blieb der Hohenembs treu ergeben, die Affäre mit dem Baron war vermutlich das Äußerste, was sie sich leistete. Vielleicht konnte ich vom Baron Geld herausschlagen? Wenn ich damit drohte, seine Frau über die Affäre aufzuklären. Würde er es nicht sofort Ida weitererzählen? Ich brauchte einen plausiblen Grund, warum er es vor Ida verschweigen musste. Vielleicht mit derselben Drohung: Erzählt er es Ida, erzähle ich es seiner Frau. Ideal wäre, wenn ich das Geld von ihm an dem Tag, an dem ich floh, bekommen würde. Er stand ja ohnehin immer an der Ecke und wartete auf Ida und machte ein langes Gesicht, wenn stattdessen ich herauskam. Einmal musste ich ihn von einem Hund befreien, der mit seiner losgerissenen Leine mehrmals um ihn herumgelaufen war, wobei sich die Halteschlaufe der Leine an einem herausstehenden Eisenstück eines Straßenschildes verhakt und den Baron daran festgebunden hatte. Der Besitzer tauchte erst Minuten später im Schlendergang auf, entschuldigte sich nicht einmal und ließ sich von mir kommentarlos die Leine aushändigen. Der Baron hatte vor Scham kein Wort herausgebracht. Wir könnten gemeinsam zur Bank gehen, viel musste es nicht sein, 3000 Euro vielleicht. Das konnte er mir nicht abschlagen. Ich hoffte, dass er überhaupt über eigenes Geld verfügte, er hatte bei seinem Heiratsantrag so mit seinen finanziellen Möglichkeiten geprahlt, das konnte genausogut gelogen sein. Vielleicht bekam er von seiner Frau nur ein schmales Taschengeld, so wie ich von der Hohenembs. Als ich von ihr zur Schneiderin geschickt wurde, um irgendwelche Leibchen abzuholen, ging ich in ein Internetcafé und druckte mir den Fahrplan der Zugverbindungen von Wien nach Bratislava aus. Überraschenderweise gab es alle 30 Minuten eine Verbindung, die Fahrt dauerte knapp eine Stunde. Der letzte um 00:12, der erste um 05:28: Ich konnte am Tag jederzeit in einen Zug einsteigen. Züge von Bratislava nach Prag konnte ich keine eruieren, die Seite stürzte immer ab. Egal, ich vermutete, dass die Hohenembs in der Slowakei und in Tschechien keine Kontakte mehr hatte, schon gar nicht zur Polizei, sie sprach Ungarisch, aber kein Tschechisch oder Slowakisch. Ich packte meine Handtasche, Reisepass, Zahnbürste und drei Unterhosen zum Wechseln, Adressbuch, den Fahrplan und den eingeschweißten Marmorkuchen, so dass ich jederzeit, wenn ich von der Hohenembs irgendwohin geschickt würde, bereit war. Ida häufte mir bei den gemeinsamen Mahlzeiten den Teller mit Essen voll, das ich kaum anrührte. Ich war zu nervös. Sie müssen essen, sagte sie besorgt, Sie fallen ja ganz vom Fleisch. Lass sie, meinte dann die Hohenembs, dräng die Leute nicht immer zum Essen, dir würde es unberufen auch nicht schaden, weniger zu essen und dich endlich ordentlich zu entfetten. Und wann wirst du endlich aufhören mit dem Nägelkauen!

Ida schwieg, ließ sich aber nicht von ihren Essgewohnheiten abhalten: schnell und viel. Die nächsten Tage schlich ich um Ida herum und fragte sie immer wieder, ob sie nicht noch etwas vom Supermarkt brauche, es musste schon auffällig erscheinen, aber sie schöpfte keinen Verdacht. Sie ergriff ja selbst jede Gelegenheit, das Haus zu verlassen. Und dann kam doch der Moment. Die Hohenembs wollte, dass ich Schuhe von ihr zum Schuster brachte. Ich nahm die Schachtel mit den Schuhen, meine Handtasche und verließ die Wohnung. Ich überlegte, wo ich die Schuhe wegschmeißen sollte, gleich hier oder erst am Bahnhof, entschied mich für den Bahnhof. Der Baron stand nicht an seiner Ecke. Das Blut stieg mir heiß zu Kopf. Ich wartete eine Weile an der Ecke, trat von einem Fuß auf den anderen, schlenkerte die Schuhschachtel vor und zurück, als imitierte ich den Tic des Barons, und hielt nach ihm Ausschau, wahrscheinlich war er nur kurz in ein Café gegangen. Dann fiel mir ein, Ida war am Vormittag einkaufen gewesen, natürlich, da brauchte er jetzt nicht mehr auf sie zu warten. Was ich bei meinem Plan nicht berücksichtigt hatte, er konnte nur an einem Tag funktionieren, an dem Ida nicht vor mir draußen gewesen war. Niedergeschlagen ging ich zum türkischen Schuster und gab die Schuhe in Auftrag. Er drückte mir einen orangefarbenen Abholzettel in die Hand. In einer Woche würden die Schuhe fertig sein. Zwei Tage später schickte die Hohenembs Ida und mich gemeinsam zum Einkaufen. Das hatte sie nach dem Eklat mit dem Baron noch nie getan. Ich nahm meine Handtasche gleich gar nicht mit. Auf der Straße gab Ida mir Geld und bat mich, alleine einkaufen zu gehen. Auf der gegenüberliegenden Seite zuckte schon der Baron. In einer Stunde würden wir uns wieder treffen. Sie kam ohne Baron zurück, mit ihrem seligen Lächeln. Zu

Hause wurde sie von der Hohenembs beschimpft, Was grinst du so vor dich hin, kümmer dich lieber um die Wäsche! Ich habe überhaupt nichts mehr anzuziehen. Ida öffnete die Tür zu ihrem Zimmer, der Hund lag zwischen den ungebügelten Wäschestücken, er hatte alles durcheinandergeworfen und die Wäsche war voller Hundehaare. Ida scheuchte den Hund auf. Die Wäsche musste noch einmal gewaschen werden. Ich war mir sicher, dass die Hohenembs den Hund in Idas Zimmer gelassen hatte. Ich ging in die Küche und räumte die Lebensmittel in den Kühlschrank. Die Hohenembs rief vom Salon aus, dass ich ihr Tee kochen solle und dazu eine Schachtel Pralinen öffnen. Ich brachte ihr beides, die Pralinenschachtel rutschte mir dabei aus der Hand und Konfekt fiel auf den Tisch und den Boden, wo es sofort vom Hund verschluckt wurde. Er fuhr mit seiner Schnauze wie eine Staubsaugerdüse das Parkett ab. Was ist nur mit euch beiden los, schimpfte die Hohenembs, ihr seid ja völlig unbrauchbar! Und wann werden Sie endlich einen Arbeitsmantel tragen! Ich kann das nicht mehr mit ansehen! Ich holte ein Glasschüsselchen, sammelte die restlichen Pralinen ein und knallte sie auf den Tisch. Nie, stieß ich zwischen den Zähnen hervor. Niemals werde ich einen Arbeitsmantel tragen. Ich zog mich in mein Zimmer zurück. Unbrauchbar, unbrauchbar, riefen mir die Papageien nach. Es war das erste, was sie seit dem Ball von sich gegeben hatten. Fehlte nur noch, dass mich die Hohenembs duzte. Bis dahin war ich längst weg. Am nächsten Vormittag gab mir die Hohenembs 100 Euro und die Adresse eines Berufsbekleidungsgeschäftes. Ich solle dorthin fahren und mir zwei, drei Arbeitsmäntel kaufen, sie dulde keine Widerrede, es sei ja lächerlich, wie ich mich dagegen sträube, als ob mir das weh tun würde. Meine Arbeitsmäntel müssten nicht wie die von Ida weiß sein, ich könne mir Farbe oder Muster nach Belieben aussuchen. Es war Vormittag, Ida war noch nicht draußen gewesen, für diesen Weg würde ich länger als eine Stunde brauchen, die Hohenembs würde sich erst nach zwei oder drei Stunden fragen, wo ich denn bliebe, und ich hatte zusätzliche 100 Euro zu dem Geld, das ich noch vom Baron erpressen würde, die Banken hatten geöffnet. Ich nahm das Geld und meine Handtasche und winkte zum Abschied. Nanu, sagte die Hohenembs, keine Widerrede? Sie haben ja Recht, antwortete ich, es ist kindisch von mir. So ein Arbeitsmantel ist sicher praktisch.

*

Kolossale Arbeit hatten die Agenten mit ihr. Mein kedvesem ging zu den ungewöhnlichsten Zeiten spazieren, es war keine Seltenheit, dass sie um drei Uhr Früh in den Wald ging. Die Agenten hatten vom Kaiser den Auftrag, Tag und Nacht auf ihren Posten zu sein und sie unter keinen Umständen aus den Augen zu lassen. Aber die wenigsten waren so gut trainiert wie sie. Sie konnte acht Stunden im schwierigsten Gelände marschieren, ohne Ermüdung zu zeigen. Zudem sollten die Geheimagenten ihr unauffällig nachpirschen, so dass sie es nicht bemerkte, der Abstand zu ihr musste mindestens 200 Meter betragen. Denn sie hasste nichts mehr, als ausspioniert zu werden. Die Agenten versteckten sich hinter Bäumen und Felsen, das nützte ihnen nichts. Sie bemerkte es stets, wenn sie ihr auf den Fersen waren, und es gelang ihr fast immer, die behäbigen Beamten abzuschütteln. Wenn nötig, sprang sie wie ein Reh über Zäune oder verschwand auf dunklen Schleichwegen, die nur sie kannte.

*

Ich redete nicht lange herum, sondern forderte nach kurzer Erklärung das Geld vom Baron. Das ist doch, sagte er, ging dann aber auf die Erpressung ein. Er schüttelte sich in einem kurzen Krampf wie ein nasser Hund. Zwei Straßen weiter sei eine Filiale seiner Bank, da könne er die 3000 Euro abheben. Er gab es mir im Foyer der Bank in einem Umschlag, in 10er- und 100er-Scheinen. So etwas, eine junge Frau wie Sie, und dann so etwas. Sie machen Ihrem Titel keine Ehre. Unsere Kaiserin wird sich in ihrem Sarg umdrehen. Zuerst verstand ich gar nicht, was er damit meinte, dann fiel mir die Miss-Sisi-Wahl ein. Wozu brauchen Sie das Geld überhaupt, fragte er noch. Ich antwortete ihm nicht, bedankte mich knapp. Wir gingen in verschiedene Richtungen, ich weiß nicht, ob er an diesem Tag noch zurück zu seiner Ecke ging, um auf Ida zu warten. Ich lief zum Bus in Richtung Bahnhof, in 20 Minuten fuhr ein Zug nach Bratislava ab. Am Bahnhof löste ich eine einfache Karte, kaufte Mineralwasser, eine Zeitung und stieg in den Zug ein. Ich war frei! Der Zug fuhr los. Ich war allein im Abteil. Komplizierte Geflechte von Gleisanlagen und graffitiübersäte Bahnhofsgebäude zogen an mir vorüber, verwilderte Grünflächen mit ausgemusterten Wagons und zerfallene Fabriken oder Lagerhallen aus orangefarbenen Ziegelsteinen. Das Klacken der Gleisschwellen beruhigte mich. Vielleicht konnte Charlotte nachkommen. Sie hatte immer behauptet, dass sie nicht ewig in Wien bleiben wolle. Ich öffnete meine Handtasche und kontrollierte den Inhalt. Pass, Geld, Marmorkuchen, Unterhosen, alles da. Ich blätterte in der Zeitung, ohne etwas aufnehmen zu können. Es war erst knapp eine Stunde vergangen, seit ich die Wohnung der Hohenembs verlassen hatte. Sie konnte mich noch nicht vermissen. Wenn sie Verdacht zu schöpfen begann, war ich schon über der Grenze, und, wenn ich Glück hatte, saß ich bereits in einem Zug nach Prag. An der Grenze blieb der Zug stehen und Zollbeamte mit Berner Sennenhunden an kurzer Leine stiegen ein. Das schwarze Fell der Hunde mit den roten und weißen Abzeichen glänzte in der Sonne. Die Abteiltüren wurden geöffnet und die Zollbeamten verlangten höflich die Pässe. Sie kamen zu dritt, ein Vierter blieb draußen mit einem Hund. Einer nahm meinen Pass, schaute ihn lange an, studierte das Foto. Sie haben eine andere Frisur, sagte er freundlich. Ja, sagte ich, und? Wir müssen Sie mitnehmen, steigen Sie bitte aus! Weil ich eine andere Frisur habe? Welche Frau trägt schon dieselbe Frisur wie auf ihrem Passfoto! Sie gaben mir keine Antwort, behielten den Pass, und ich musste mit ihnen den Zug verlassen. Ich presste meine Handtasche an mich. Das Geld konnten sie mir nicht abnehmen, oder doch? Hatte der Baron mich angezeigt? Sie interessierten sich nicht für die Handtasche, sondern brachten mich in die Zollstube, dort solle ich warten. Ein Berner Sennenhund legte sich auf meine Füße und schlief ein. Der Zug fuhr ab. Eine halbe Stunde später, in der ich wegen dem Hund unbequem und mit heißen Füßen auf der Holzbank gesessen hatte, kamen zwei Polizisten. Ein Mann und eine Frau, ich erkannte sie sofort, trotz ihrer Uniform. Es waren die beiden, die in meine Wohnung eingedrungen waren. Jetzt fiel mir auch ein, wo ich sie zuvor schon gesehen hatte: im Supermarkt. Der Detektiv, der in meiner Tasche die Kaviardosen gefunden hatte, und die Frau, die mir zu Hilfe gekommen war. Sie forderten mich auf mitzukommen. Ich sah zu dem Zöllner, der am Schreibtisch saß und etwas in den Computer tippte. Er hatte mich an seine vermeintlichen Kollegen übergeben und arbeitete ohne aufzusehen weiter. Es interessierte ihn nicht, was mit mir geschah. Ich hätte schreien sollen, ihn bitten, mich nicht den falschen Polizisten auszuliefern, ich hätte ihm die Geschichten mit dem Supermarkt, der Wohnung und der Intrige der Hausverwaltung erzählen können. Natürlich hätte er mir nicht geglaubt. Die zwei Agenten hatten sicher gefälschte Papiere, die sie als Polizisten auswiesen. Kommen Sie ja nicht auf dumme Gedanken! Wenn Sie Schwierigkeiten machen, legen wir Ihnen Handschellen an. Sie nahmen mich in die Mitte, hakten mich unter und führten mich zu ihrem Wagen. Sie setzten mich in den Fond, verriegelten von außen beide Türen und stiegen vorne ein. Zwischen Rück- und Vordersitzen war eine mit Metallstäben verstärkte Glaswand eingezogen. Ich presste meine Stirn an das Fenster. Die Windkraftwerke mit ihren weißen und schlanken Propellerrädern winkten aus der Ferne, die flachen Felder sahen wie riesige grüne Teppiche aus, die auf der Landschaft lagen und wer weiß was darunter verbargen. Die flachen Weingärten, an die ich mich nie gewöhnen konnte – Weingärten müssen für mich hügelig, sogar steil sein, ein richtiger Wein muss aus einem Wein*berg* kommen –, die an den Boden geduckten und weiß gekalkten Winzerhäuser, all das fuhr wie zum Hohn ein zweites Mal in entgegengesetzter Richtung an mir vorüber. Ich schloss die Augen. Ich würde eben später nach Berlin gehen. In höchstens einem Jahr würde ich mit Charlotte über den Kurfürstendamm spazieren, wir würden eine kleine Wohnung am Prenzlauer Berg haben und vielleicht ein kleines Lokal, eine Bar oder eine Essbude. Als ich die Augen öffnete, parkten wir vor dem Haus der Hohenembs ein, genau dort, wo sonst nie Parkplätze frei waren, egal zu welcher Tages- oder Nachtzeit. Die falschen Polizisten ließen mich aussteigen und hakten mich wieder unter. Wir stiegen die

Treppen hinauf, die Frau läutete, und Ida öffnete die Tür, sie hielt eine ungeöffnete Dose russischen Kaviar in der Hand. Ihr rundes Gesicht strahlte. Sie ist wieder da! Wir haben sie so vermisst! Der Hund sprang an mir hoch. Er legte seine Vorderpfoten um meinen Hals und wollte mein Gesicht abschlecken, was ich zu verhindern suchte, indem ich mit beiden Händen seinen Kopf nach unten drückte. Er kam immer wieder hoch. Es war das erste Mal, dass er mit seiner Schnauze nicht sofort zwischen meine Beine wollte. Aus dem Salon hörte man die Papageien, Wieder da, wieder da, nicht kreischend wie sonst, sondern mit fast melodiösen Stimmen, als ob sie Kreide gefressen hätten. Die Hohenembs drängte Ida zur Seite und bedankte sich. Es tut mir Leid, dass sie Ihnen so viele Umstände gemacht hat, sie läuft uns manchmal davon, aber so weit ist sie noch nie gekommen. Beinahe wäre sie uns über die Grenze entwischt! Sie drohte mir mit dem Zeigefinger, dann hob sie bedauernd die Schultern. Der Mann machte eine leichte Verbeugung und tippte mit einem Finger auf seine Kappe, Keine große Sache für uns, so etwas kommt ja beinahe täglich vor, passen Sie in Hinkunft besser auf sie auf. Tja, wem sagen Sie das, sie trickst uns immer aus, unsere kleine Ausreißerin. Sie kicherte hinter vorgehaltener Hand. Schwer zu verstehen, sagte der Mann. Man sollte meinen, in so einem Heim fühlt sich jeder wohl. Aber so ist der Mensch nun einmal, nie zufrieden mit dem, was er hat. Glauben Sie mir, Frau Hohenembs, was wir nicht alles sehen. Was für eine Komödie! Und das alles wegen mir. Ich wollte weglaufen, doch Ida hielt mich wie ein Schraubstock am Arm fest und zischte mir ins Ohr, Seien Sie vernünftig, das bringt doch nichts, finden Sie sich damit ab. Der Hund stellte seinen hohen Leib quer vor mich hin und lehnte seine Wärme gegen meinen Bauch. Der falsche Polizist drehte sich kurz um und grinste, dann waren beide weg, und Ida schloss die Tür.

*

Als sie mich auf ihren Reisen nicht mehr mitnehmen wollte und stattdessen eine Jüngere engagierte, ging mir das schwer zu Herzen. Ich war ihr nicht mehr schnell und kräftig genug, auf den langen Spaziermärschen konnte ich kaum noch mithalten, die Seereisen hatte ich nie gut vertragen und die dauernd wechselnden Klimata bekamen mir nicht. Ihre Rastlosigkeit, in die sie mich und alle in ihrer Umgebung mit hineinzog, untergrub meine Gesundheit sukzessive, aber ich hätte alles ertragen, um in ihrer Nähe bleiben zu dürfen. Sie schrieb mir schöne Briefe, voller Sehnsucht und Liebe, ihre Gegenwart musste ich oft monatelang entbehren. Es war traurig, so einfach ersetzt zu werden.

*

Alles ist wie zuvor. Das stumme Frühstück, der Fleischsaft, die Griechischlektionen, ein stummes Mittagessen, nachdem der Griechischlehrer die Tür hinter sich zugeknallt hat, endlose Spaziermärsche, Besorgungen, Einkaufen, heimlich die Schraubgläser ausleeren, der Baron an der Ecke – das Geld hat er nie mehr erwähnt. Ich bewahre es im selben Umschlag auf, in den er es gesteckt hat. Das Kuvert ist schon ganz verknittert. Jede Nacht zähle ich das Geld mit zitternden Händen und streichle die glatten Scheine. Es werden immer weniger. Ida geht jetzt seltener zum Baron hinunter, sie muss sich oft tagsüber hinlegen, ihre Beine schwellen an, sie hat Krampfadern, die wie Schnüre um ihre Waden und Oberschenkel gewickelt sind. Ich vermute, dass sie zuckerkrank ist, doch sie geht nicht zum Arzt. Ich trage jetzt einen diagonal gestreiften Arbeitsmantel, den ich zum Essen ausziehe. Ich besitze ihn in verschiedenen Farbkombinationen. Er ist sehr praktisch. Man schlüpft hinein und fühlt sich sofort gut gekleidet. Dazu hat mir die Hohenembs ein breites lilafarbenes Samtarmband geschenkt. Es fühlt sich angenehm auf der Haut an, sobald es speckig wird, bekomme ich ein neues. Vor zwei Wochen war ein viel versprechendes Mädchen zu Gast, dünn wie ein britisches Model. Die Hohenembs hatte es zum Gugelhupf eingeladen, die andere Hälfte des Kuchens nahm das Mädchen mit nach Hause.

Linda Stift
Kingpeng
Roman

Deuticke 2005. 160 Seiten

Die Geschwister Kinga und Nick leben zusammen. Gemeinsam betreiben sie einen Partyservice. Von ihrem kleinen Balkon blicken die beiden auf eine große Terrasse mit Kübelpflanzen, einer Hollywoodschaukel und reichen gut aussehenden Menschen, die sie fasziniert beobachten. Und plötzlich gehören sie dazu, wenn auch zunächst nur in der Rolle jener, die den Lieferanteneingang benützen. Ein rätselhafter Mord geschieht. Kinga geht ein Verhältnis mit einem Mann ein, dessen Frau mit Nick schläft. Die »Terrakottainsel« verliert ihren Glanz.
Präzise und doch schwebend-leicht erzählt Linda Stift in ihrem Debütroman von subtilen Macht- und Beziehungsspielen.

»Vieles bleibt in Linda Stifts Roman im Dunkeln. Gerade die Vieldeutigkeit lässt ihn aber lange in Erinnerung bleiben. Man bekommt diesen Roman nicht aus der Nase.«

Harald Klauhs, *Die Presse*

»Linda Stift hat eine Art schmuddeligen Entwicklungsroman geschrieben, bei ihrem ungefälligen, beiläufigen, aber dennoch sehr exakten Schreibstil könnte man auch sagen, dass sie einem ihre Geschichte förmlich vor die Füße pfeffert. Sehr gelungen!«

Katrin Schings, *Berliner Zeitung*

»Die Ich-Erzählerin leidet unter Ausfällen ihres Gedächtnisses. Diese Lücken geben dem Buch einen tänzerischen Rhythmus: Anstatt alle Rätsel zu lösen, springt die Geschichte einfach weiter, die Veränderungen werden lässig protokolliert. Und es hat überraschend viel Platz in diesem Debütroman: ein ermordeter Butler, ein paar sexuelle Träume, einleuchtende Küchenrezepte. All dies verdeckt aber nie das eigentliche Thema – die subtile gegenseitige Manipulation zweier Geschwister.«

Doja Hacker, *Kulturspiegel*